U0028681

羊與鋼之森

宮下奈都

Miyashita Natsu

有森林的氣味。秋天，向晚時分的森林。風吹動樹木，樹葉發出沙沙聲響。那是夜幕即將降臨時的森林氣味。

然而，附近沒有森林。雖然嗅到了秋天乾爽的味道，雖然感受到幽暗籠罩的動靜，但其實我站在高中體育館的角落。我只是帶路的學生，獨自站在放學後、空曠無人的體育館內。

眼前有一架黑色大鋼琴，一架巨大的、黑色鋼琴。鋼琴的琴蓋打開，男人站在鋼琴旁。我默然不語地立在那裡，他瞥了我一眼。他敲響幾個琴鍵，敞開蓋子的森林中，再度飄出了樹木搖曳的氣息。夜漸深。那時候，我十七歲。

因為我還留在教室，班導師就叫我負責為訪客帶路。那是高二第二學期期中考期間，社團活動暫停，學校提早放學。我不想大白天就回到獨自生活的宿舍，正打算去圖書室自習。

「外村，那就麻煩你了。」

班導師補充說明——

「因為老師要參加教職員會議。訪客四點到，你只要帶他去體育館就好。」

「好。」我回答。班導師平時就經常叫我做事。不知道是因為我很好說話，還是我看起來不會拒絕，或是覺得我很閒。我的確有大把時間，想不到要做什麼，也沒有想做的事。我打算這樣一路混到高中畢業，混一份工作，混一口飯吃就好。

雖然班導師經常叫我幫忙，但都是一些無關緊要的事。重要的事，有重要的人負責。無關緊要的事，才會叫無關緊要的人去做。我猜想那天的訪客應該也是無足輕重的人。

對了，班導師只叫我帶訪客去體育館，並沒有告訴我訪客是誰。

「那個人是誰？」

正準備走出教室的班導師轉頭對我說：「是調音師。」

我從沒聽過「調音」這兩個字，是修空調的？那為什麼去體育館？雖然我這麼想，但這也同樣無關緊要。

我在放學後的教室內複習隔天要考的日本史，打發了一個小時左右。快四點時，走去教職員出入口。那個人已經到了。他穿著褐色夾克，拎了一個大皮包，抬頭挺胸地站在教職員出入口的玻璃門外。

「請問你是修空調的人嗎？」

我從內側打開門問。

「我是江藤樂器的板鳥。」

樂器？那這個有點年紀的男人應該不是我要等的訪客。早知道應該問班導師訪客的名字。

「窪田老師說，今天要開會，但只要有鋼琴就沒問題了。」

那個人這麼說。窪田正是吩咐我來帶訪客的班導師。

「老師叫我帶你去體育館。」

我為他拿出棕色訪客用拖鞋時說。

「對，今天要調體育館的鋼琴。」

他要怎麼調鋼琴？雖然閃過這個念頭，但也沒有更多的興趣。

「請跟我來。」

我走在前面帶路，他跟在我身後。他的皮包看起來很重。我原本打算帶他去鋼琴那裡之後就離開。

他站在鋼琴前，把長方形的皮包放在地上，向我微微欠了欠身，意思是說，沒我的事了。我也向他稍稍鞠躬，轉身離開。傍晚的陽光從高處的窗戶照了進來，平時經常有籃球隊和排球隊在打球的體育館很安靜。

正當我準備走去體育館外的走廊時，身後傳來鋼琴的聲音。我回頭看了之後，才發覺那是鋼琴聲，否則可能不覺得那是樂器的聲音。比起樂器，更像是某些有更具體形狀的東西所發出的聲音，似乎想要表達強烈的懷念情感，雖然搞不清楚到底是怎麼回事，反正妙不可言。我覺得自己聽到了那樣的聲音。

那個人並不在意我站在那裡回頭張望，繼續敲響鋼琴。他並不是在彈奏，而是好像在檢查幾個琴鍵的音色般敲出聲音。我在原地站了一會兒，然後走向鋼琴。

即使我走了回去，他仍然毫不在意。原本站在鍵盤前的他稍微移向側面，打開了平臺鋼琴的頂蓋。頂蓋——我覺得看起來像翅膀。那個人舉起黑色的大翅膀，用支撐桿撐起後，再度敲響鍵盤。

有森林的氣味。那是夜幕即將降臨的森林入口。我想要進去，卻又回心轉意。因為太陽下山後的森林很危險，以前經常聽說，有小孩子跑進森林裡迷路，就再也沒有回來。太陽開始下山後，就不能進入森林。因為太陽下山的速度比白天認為的更快。

當我回過神時，發現他打開了放在地上的長方形皮包，裡面裝滿各種我從來沒見過的工具。他要用這些工具對鋼琴做什麼？要用鋼琴做什麼？我覺得不該發問。發問的行為同時伴隨著責任。我總覺得發問之後，一旦對方回答，就必須要回饋。雖然問題在我心裡打轉，卻無法成形。八成是因為我沒有任何可以回饋的東西。

你要把鋼琴怎麼樣？你想把鋼琴怎麼樣？還是要用鋼琴做什麼？那時我並不清楚自己最想問的是什麼，現在還是不明白。我覺得當初應該問一下。即使當時尚未具體成形，只要把我內心萌生的問題直接問出口就好。我一次又一次回想當初。如果那時候把話問出口，就不需要一直尋找答案了。因為只要聽了答案，我就會接受。

我沒有發問，默默站在那裡看他，以免影響他做事。

我以前讀的小學和中學應該都有鋼琴，雖然不是眼前的平臺鋼琴，但我知道鋼琴會發出什麼聲音，也曾經好幾次跟著鋼琴的旋律唱歌。

即使這樣，我仍然覺得好像是初次看到這個巨大的黑色樂器。至少是第一次看到它翅膀張開後的內臟，當然更是第一次體會從那裡發出的聲音碰觸到肌膚的感覺。

有森林的氣味。秋天，夜晚的森林。我把書包放在地上，在一旁看著鋼琴的聲音漸漸改變。我在那裡坐了兩個多小時，完全忘了時間的存在。

秋日夜晚的時間帶越來越狹窄。雖說是秋天，但還是九月，九月的上旬。雖然是夜晚，卻是剛進入夜晚，溼度很低的晴朗傍晚六點左右。城市的傍晚六點還很明亮，然而，山間的村落因為被樹林遮蔽，最後的陽光無法照進來。山上那些等到入夜之後才開始活動的動物，已經屏息斂氣地等在那裡。鋼琴灑下寧靜溫暖，又帶著深邃的聲音。

「這架鋼琴很老了。」

也許是作業進入了尾聲，他開口說道。

「音色很溫柔。」

「是。」我只能這麼回答，因為我不太清楚什麼是溫柔的音色。

「很棒的鋼琴。」

「是。」我再度點頭。

「因為以前的原野也很棒。」

「啊？」

他用柔軟的布擦拭黑色鋼琴。

「以前的羊在山上和原野上吃很棒的牧草。」

我回想起山中老家附近的牧場飼養的羊都很悠哉。

「以前的羊都吃很棒的牧草，所以都長得很好，當時都用那樣出色的羊毛製作羊毛氈。現在已經做不出這麼出色的榔頭了。」

我完全聽不懂他在說什麼。

「榔頭和鋼琴有什麼關係嗎？」

他聽了我的問題後看向我，露出微笑的表情點了點頭。

「鋼琴裡有榔頭。」

我完全無法想像。

「你要不要看看？」

聽到他這麼說，我走近鋼琴。

「你敲一下琴鍵。」

鋼琴發出了「咚」的聲音。我看到鋼琴內有一個零件彈了起來，碰觸到一根線。

「你看，榔頭不是敲在這根弦上嗎？這個榔頭也叫琴槌，是用羊毛氈做的。」

鋼琴發出咚、咚的聲音，我不曉得那個音色溫不溫柔，但卻明白那是九月上旬傍晚六點左右，天色漸暗的森林。

「怎麼了？」

他問。我回答：

「比剛才清楚多了。」

「什麼清楚多了？」

「這個聲音的風景。」

聲音帶來的風景清晰地浮現。在他完成一連串作業後，此刻的風景比他第一次敲打琴鍵時看到的景色更加鮮明。

「鋼琴使用的該不會是松樹的木材？」

他輕輕點頭。

「是名叫雲杉的樹木，的確是一種松樹。」

我很有自信地問：

「該不會是從大雪山山脈的山上砍下的松樹？」

因為敲響了那片山上的森林，讓我看到那座森林的景色，所以才會這般被打動。

「不，那是外國的樹，應該是北美的樹。」

我完全猜錯了。也許所有森林，無論任何地方的森林，都會發出這樣的聲音？夜晚的入口都充滿靜謐和深邃，帶著隱約的不平靜？

他蓋上了像翅膀一樣張開的琴蓋，用布把上面擦乾淨。

「你有在彈鋼琴吧？」

當他用沉穩的聲音問我時，我多麼希望自己可以回答：「是。」我多麼希望可以用鋼琴表達森林、表達夜晚，表達各種美好的事物。

「不。」

事實上，我從來沒有碰過鋼琴。

「但你很喜歡鋼琴吧？」

我也不清楚自己喜不喜歡。今天是我有生以來第一次注意鋼琴。

我沒有回答，但他並未太在意。擦完鋼琴後，把布收了起來，輕輕蓋上皮包的蓋子，扣上了扣環。

然後，他轉身面對我，從夾克口袋裡拿出名片遞給我。這是第一次有大人遞名片給我。

「如果有機會，歡迎你來看鋼琴。」

名片上寫著樂器行的名字，下面寫著「調音師」。

調音師　板鳥宗一郎

「可以嗎？」

我脫口問道。哪有什麼可不可以的，既然他叫我去看，就代表可以。我覺得自己得到了許可。

「當然可以。」

板鳥先生笑著點了點頭。

我永遠不會忘記。我去了那家店一次。

板鳥先生剛好要去客戶家。我們一起走向樂器行後方的停車場時，我直截了當地對他說：

「你可以收我當徒弟嗎？」

板鳥先生既沒有笑，也不感驚訝，只是一臉平靜地看著我。然後把大皮包放在地上，從口袋裡拿出小筆記本和原子筆寫了起來。寫完之後，撕下那一頁遞給我。

上面寫了一所學校的名字。

「我只是一介調音師，沒資格收徒弟。如果你真的想學習調音，可以去讀這所學校。」

於是，高中畢業後，我說服了家人，去讀那所學校。

我不知道家人瞭解多少，我出生、長大的山中村落只有小學和中學而已，大家都在完成義務教育後下山。這是山裡孩子的宿命。

同樣是在山上長大的孩子，有的人適合獨立生活，有的人無法適應。有些人能夠順利融入學校和人群，有些人格格不入。有人在城市繞了一圈後，又重回山上，有人漂泊之後，找到了完全不同的地方落腳。沒有好壞之分，甚至不是自己的選擇，只是在不知不覺中，決定了自己成為前者或是後者。我遇見了調音這座森林，無法再回山上。

這是我有生以來第一次走自己的路。我在本州一所培養調音師的專科學校讀了兩年。在鋼琴工房附設的簡樸教室內，花了兩年時間學習調音的技術。同一屆只有七個學生。

我從早到晚都在學調音技術。我們在像是工房倉庫的地方上課，夏熱冬寒。實習課上，曾經負責修理一整架鋼琴，也曾經為鋼琴上油漆。課題很嚴格，每天晚上都帶著自己一定無法完成的黯淡心情努力到深夜。我不只一次懷疑，自己是不是闖進了大人曾經諄諄告誡，一旦迷路，就再也無法走出來的森林？眼前一片鬱鬱蒼蒼，一片黑暗。

即使如此，我從來沒有感到厭倦。雖然我調音的鋼琴始終無法飄散出森林的味道，但我一刻也不曾忘記那味道。憑藉著這一點，完成了兩年的課程。不會彈鋼琴，也沒有音感的人，可以把第四十九個La調到四百四十赫茲，並以此為基準，勉強調出正確的音程。兩年的歲月似短又長。

我和其他六個同學一起順利畢業，回到老家附近的小城市，找到了樂器行的工作。就是板鳥先生工作的那家店。我運氣很好，剛好有一名調音師離職。

江藤樂器行主要經營鋼琴，是一家總共只有十名員工的小樂器行。老闆江藤先生幾乎不在店裡，總共有四名調音師，還有櫃檯接待、事務員和業務。

進公司的前半年，先在店裡熟悉業務。除了接電話、處理附設的音樂教室工作，還要在店裡賣樂器，以及接待上門的客人。只要有時間，我就可以練習調音。

樂器行一樓是陳列鋼琴的展示室，還有販賣樂譜和書籍的區域，另外有兩間教室，和可以容納數十人、舉行音樂發表會的小禮堂。我們平時都在二樓的辦公室，二樓除了辦公室以外，還有一間會議室和會客室，其他都用來當倉庫。

店裡有六架鋼琴，我可以隨時使用這六架鋼琴練習調音。在下班之前，都忙著處理店裡的工作，所以只有晚上才有時間練習。

夜晚，在空無一人的樂器行內，打開黑色鋼琴的琴蓋。心胸頓時敞開，卻同時感受到心好像一下子緊縮起來，那是難以用言語形容的靜謐。敲響音叉，神經頓時變得敏銳。

我調整每一根琴弦的音，但即使一調再調，還是覺得有落差。我無法捕捉到音波，雖然用調音器測出來的數值正確，但音色會飄。調音師需要具備超越調音的能力，我卻在原地踏步。

就好像明明已經學會了游泳，跳進泳池後，卻一直在原地划水。雖然拚命划水，可完全沒有前進。我每天晚上對著鋼琴划水，吐著小氣泡，不時用雙腳蹬著泳池底部，希望可以稍微前進一點點。

我很少有機會見到板鳥先生。他經常去音樂廳為音樂會使用的鋼琴調音，也有很多客戶指名他到府服務。他每天都很忙，根本沒時間待在店裡，經常連續多天直接從家裡去客戶那裡，再從客戶那裡直接回家，有時候一整個星期都沒有見到他。

我很想看板鳥先生調音。除了想要在技術方面接受他的指導，更想要再度聆聽板鳥先生調音的鋼琴，看那音色慢慢變得清澄。

不知道這種想法是否寫在了臉上，那天板鳥先生看到我後，利用出門去客戶那裡之前的短暫時間主動關心我。

「不必著急，一步一腳印，一步一腳印。」

「是。」我回答。一步一腳印，一步一腳印。調音師的工作由龐大的、無法想像的一步又一步累積而成。

板鳥先生的主動關心，讓我內心雀躍不已，但我感受到的不僅是雀躍而已，當板鳥先生準備離開時，我追了上去。

「請問要怎麼一步一腳印？怎樣踏每一步才正確？」

我豁出去了。板鳥先生一臉納悶地看著喘著粗氣的我。

「調音師的工作，沒有正確或是不正確的基準。以後最好不要輕易說『正確』這兩個字。」

板鳥先生說完，好像在對自己點頭般微微動了幾下脖子，在打開通往停車場的門時說：

「要一步一腳印，在一步一腳印的同時，試著打帶跑。」

所以說，一步一腳印是指棒球？為什麼要用這麼費解的比喻？

「沒有全壘打嗎？」

我按著打開的門問道。板鳥先生打量著我的臉說：

「不能試圖打全壘打。」

他的建議讓人似懂非懂，但我告訴自己，以後不要輕易說「正確」這兩個字。

一步一腳印。我努力擠出時間為店裡的鋼琴調音。每天調一架，調完六架之後，再改變音高，從第一架開始調音。

最快也要在半年之後，才能為客戶的鋼琴調音。在我進來之前辭職的那個人花了更長的時間，進公司一年半之後，才終於去客戶家調音。

比我早七年進公司的柳哥告訴我這件事。

「他也是從調音師的專科學校畢業的，可見還是有所謂的適不適合。」

他簡單地歸納為適不適合，更讓我坐立難安。我最怕自己就算付出了巨大的努力，到頭來卻根本不適合。

「不過，對調音師來說，重要的不光是技術而已。」

他拍了拍我的肩膀。

我對調音技術毫無自信。雖然從教學嚴格的學校畢業，但只能算是學會了基礎而已。面對沒有調過的鋼琴，我只能把參差不齊的音律調整齊，改出正確的頻率，勉強呈現音階，離優美的音色相去甚遠。我比任何人都清楚，我只能完成這種程度的事。

我對技術沒有自信，沒想到還有比技術更重要的事，根本讓人難以應付。

「別緊張，只要表現得泰然自若就好。不，必須表現得泰然自若。因為沒有人會相信滿臉不安的調音師。」

「對不起。」

「這沒什麼好道歉的，反正只要表現得泰然自若就好。」

柳哥笑著說。我很慶幸他雖然是前輩，卻從來不擺架子，或是自以為了不起。

我在村落這種封閉的團體中生活多年，不是很瞭解所謂的上下關係。在明明不是上下的關係之間，卻存在著上下的力量關係。比方說，前輩和後輩，村落和城市，分明只是有先後和大小之分，卻存在著上下關係，讓我難以理解。

我除了一步一腳印地持續練習調音，還開始聽鋼琴曲專輯。高中畢業之前，我幾乎沒聽過古典音樂，所以覺得很新鮮，我立刻上癮，每天晚上都聽著莫札特、貝多芬和蕭邦入睡。

我以前甚至不知道很多不同的鋼琴家都會演奏同一首曲子，也不曉得該如何挑選。我沒有餘力聽不同鋼琴家的詮釋進行比較，所以會盡可能避免選擇同一位鋼琴家的作品，盡量讓自己聽各種不同的樂曲。如同剛孵出來的雛鳥會把第一眼看到的事物當成母鳥一樣，我也對最初聽到的演奏產生了感情，每次都覺得那位鋼琴家最出色。即使鋼琴家的演奏很有個人特色，或是在詮釋時大幅改變了樂曲原本的節奏，首次聽到的樂曲的演奏，就成為我內心的標準。

除此以外，還能一步一腳印地做什麼？只要一有時間，我就站在鋼琴前，打開頂蓋，觀察琴身內側。八十八個琴鍵，每個琴鍵都連結了一到三根鋼弦。鋼弦繃得筆直，敲打鋼弦的琴槌宛如辛夷的花蕾般整齊排列，隨時待命。每次看到這一幕，我就忍不住挺直身體。和諧的森林美麗如畫。對我而言，「美麗」和「正確」一樣，都是新的詞彙。在邂逅鋼琴之前，我從來不曾留意美麗的事物。沒有留意和不知道不完全一樣。我知道很多事，只是並沒有發現自己知道那些事。

最好的證明，就是在邂逅鋼琴之後，我從記憶中發現了許多美麗的事物。

比方說，以前在老家時，祖母煮的奶茶。把牛奶倒入在小鍋子裡煮好的紅茶時，顏色就會變得有如大雨過後混濁的河流，熱騰騰奶茶的鍋底好像藏了魚兒般。我看著倒進杯中產生了漩渦的液體出了神。那一幕很美。

比方說，嬰兒哭泣時皺起的眉頭。漲得通紅的臉上用力皺起的眉頭，本身就像是具有堅強意志的小生命，在一旁看時，會忍不住緊張。那一幕也很美。

又比方說，光禿禿的樹木。當春天姍姍來遲，光禿禿的樹木一起萌芽。在萌芽的前一刻，樹枝透著微微的晶瑩。不計其數的樹枝帶著一抹紅色，整座山好像在發光。我每年都可以見識到那樣的景象。親眼目睹整座山好像被虛幻的火焰燃燒，情不自禁地被震懾，只能呆立原地，卻無能為力。這種無能為力反而令我感到高興。我只要停下腳步，用力深呼吸即可。春天來了，森林將被嫩葉覆蓋。這種明確的預感讓內心欣喜雀躍。

也許現在也和以前沒有太大的改變。即使看到美麗的事物，也只能原地佇足。無論樹木、山野和季節，都無法讓它們停下腳步，自己也無法加入其中。但是，我已經明白這可以稱之為美麗。光是這樣，就有一種解脫的感覺。將它們轉換成「美麗」這個字眼，就可以隨時從內心取出來，也可以向他人展現、與之交換。美麗的盒子永遠都在體內，我只消打開盒蓋就好。

我可以感受到以前不懂得用「美麗」命名的許許多多事物，從記憶各處飛了出來，宛如磁鐵吸引鐵屑般輕而易舉、自由自在。

枝頭的晶瑩在之後一起萌發出嫩芽，那既是美麗的事物，同時也理所當然地出現在那裡，這件事再度讓我驚訝。既理所當然，卻又是奇蹟。我相信隨處隱藏著各種美麗，只是我沒有發現而已，在某個剎那，震撼性地出現在我面前。比方說，就像放學後的高中體育館。

如果說，鋼琴是把融化在空氣中的美麗事物化為旋律、傳入耳朵的奇蹟，那我甘願為僕。

我清楚記得第一次去調音的日子。

那是初秋一個秋高氣爽的日子。我進公司已經五個月，柳哥去客戶家調音時帶我同行。雖然名義上是柳哥調音時，我在一旁幫忙，但其實並不是幫忙，而是去觀摩。不光是觀摩調音的技術，同時也是學習在客戶家的舉止，以及和客戶對話的大好機會。

我很緊張。看到柳哥按著白色公寓入口的對講機，突然心下不安。我敢按那個門鈴嗎？但是，當對講機中傳來一個女人親切的聲音，大門打開時，我又覺得有人期待調音師的到來。不，比起那個女人，應該是那個女人身旁的鋼琴期待調音師的到來。

我們搭電梯來到四樓。

「我很喜歡來這裡。」

柳哥走在走廊上時對我小聲說。

一個和我母親年紀相仿的女人開門讓我們進屋，進門後右側房間就是琴房。最小尺寸的平臺鋼琴放在三坪大房間的正中央，可能是為了發揮隔音效果，地上鋪著毛很長的地毯，窗戶前也掛著厚實的窗簾。鋼琴前有兩張椅子，應該是鋼琴的主人在學琴，老師會上門教學。

黑色鋼琴一塵不染。雖然不是特別高級的鋼琴，但可以感受到主人的愛惜，而且經常彈奏。柳哥彈了八度音，就知道音準有點問題。半年前才剛調過的鋼琴出現這麼大的偏差，代表主人時常彈奏。

難怪柳哥說喜歡來這裡。為深得主人喜愛，而且經常彈奏的鋼琴調音是一件開心的事。為過了一年的時間，音準仍然沒有太大偏差的鋼琴調音雖然輕鬆，卻沒有成就感。

鋼琴希望有人彈它，希望有人打開它。鋼琴隨時對人、對音樂張開雙臂，否則就沒有機會掬起融化在各處空氣中的美麗。

柳哥敲響音叉。音叉發出嗡的聲音，眼前這架鋼琴的La音產生了共鳴。連結起來了。我暗自想道。

雖然每架鋼琴都是各有不同面貌的獨立樂器，但在根源處連成一體。就像收音機一樣，每臺收音機都用各自的天線，捕捉到電臺發送出的乘著電波的談話和音樂。同樣地，音樂融化在世界的每個角落，靠著鋼琴將這些音樂成形。我們是為了讓鋼琴形成優美的音樂而存在，調音是為了調節琴弦的鬆緊、琴槌的軟硬，讓波形穩定，讓鋼琴能夠和所有的音樂連結在一起。此刻，柳哥默默作業，是為了讓這架鋼琴能夠隨時和世界相連。

兩個小時過去，調音即將進入尾聲時，玄關傳來「我回來了」的聲音。是年輕女生的聲音。

調音很耗時間，也會發出噪音，去某些客戶家裡時，會把琴房的門關起來作業，但那天敞開著門工作，可能是為了讓這個聲音的主人一回來，就可以看到正在調音的鋼琴。不一會兒，她就走進琴房。她看起來像高中生，一頭齊肩的黑色長髮，感覺很文靜。

她向柳哥和我微微欠身打招呼，然後站在牆邊，默默看著柳哥工作。

「怎麼樣？」

柳哥彈了兩組八度音後，為她騰出了鋼琴前的空間。

她戰戰兢兢地走過去，叮叮咚咚地彈了幾下。感覺像是因為柳哥問她：「怎麼樣？」所以她禮貌性地回應而已。但是，我忍不住從椅子上站了起來，從耳朵到脖子都起了雞皮疙瘩。

「再多彈點，好好確認一下。」

柳哥笑著說，原本站著的她拉開鋼琴前的椅子坐了下來，然後，緩緩地在琴鍵上滑動手指。她的右手和左手同時舞動，彈了一首很短的曲子，應該是活動手指的練習曲。優美動人，整齊端正，絲滑瑩亮。我耳朵上的雞皮疙瘩仍然沒有消失，只可惜她轉眼之間就彈完了。

她將彈完鋼琴的雙手放在腿上，然後點了點頭。

「謝謝，我覺得沒問題。」

不知道是否感到害羞，她低著頭，聲音很小聲。

「那好，就……」

柳哥說到一半，她抬起了頭。

「啊，請等一下。我妹妹馬上回來了，可不可以請你等她一下？」

她的妹妹應該是中學生吧？不知道是因為決定權掌握在妹妹手上，還是她沒有勇氣說ＯＫ。

我正在思忖，柳哥已笑著說：「沒問題。」

她走出琴室不久，她的母親端著茶走進來。

「請喝杯茶，如果喝完茶，我女兒還沒回來，就不用等她了。」

她的母親面帶微笑地把茶放在琴室角落的小桌子上，最後一句話說得很小聲。她尊重大女兒想要讓妹妹確認調音結果的心情，但也不希望給我們添麻煩。

正在把工具放回工具包的柳哥停下手，鞠躬向她道謝。

不到五分鐘，玄關的門被用力打開了。

「我回來了！」

在輕快聲音傳來的同時，興奮的腳步聲漸漸靠近。

「由仁，調音師剛好在。」

「太好了，我趕上了。」

隨著女生的聲音，兩張臉出現在琴房。分別是剛才的女生和才進門的女生。兩張臉幾乎一模一樣，唯一的不同，就是一個是齊肩直髮，另一個綁了辮子垂在兩側耳朵下。

「和音，妳剛才已經彈過了吧？那我不用彈了。」

站在門口，看著「和音」說話的應該是妹妹「由仁」。

「不，妳去彈一彈，因為我們彈的感覺不一樣。」

綁辮子的女生走了出去，齊肩直髮的「姊姊」向我們鞠了一躬說：

「對不起，她去洗手，馬上就回來。」

不一會兒，剛才的女生走了回來，她把辮子拆掉了。這麼一來，根本分不清兩個人誰是誰。

她立刻開始彈鋼琴。

雖然她們長得一模一樣。我不由得這麼想。這種感想雖然很奇怪，但這是我第一個念頭。雖然她們長得一模一樣，但她的鋼琴和「姊姊」完全不一樣。溫度不一樣。溼度不一樣。音符在跳躍，「妹妹」的琴聲充滿了色彩。如果不實際彈一下，的確很難決定調音是否完成。

她突然停下手，轉頭看著我們說：

「我希望音色可以更明亮一些。」

然後又露出乖巧的表情說：

「對不起，我太挑剔了。」

站在鋼琴後方的「姊姊」同樣露出嚴肅的表情。她也希望音色更明亮嗎？還是尊重妹妹的意見？「妹妹」從椅子上站了起來。

「我想原本可能是調整成避免產生太多回音，但這種壓抑的音色感覺有點陰沉。」

柳哥笑著點了點頭。

「瞭解了，我來調整看看。」

柳哥調整了踏板，讓制音器揚起的速度稍微加快，如此簡單的調整就可以釋放受到壓抑的聲音。狹小的琴房頓時變得明亮。但是，這樣沒問題嗎？明亮雖然符合「妹妹」的琴聲，但「姊姊」靜謐的琴聲會如何改變？

「妹妹」再度彈著柳哥重新調整的鋼琴。

「啊，音色聽起來好美！」

她很快就停了下來，起身對柳哥用力鞠了一個躬。

「非常感謝。」

「姊姊」也一起鞠躬。即使重新打量她們，仍然覺得她們長得一模一樣。像這樣髮型相同，動作也相同時，完全分不清誰是誰。笑得比較燦爛的是「妹妹」，比較文靜的是「姊姊」，但她們彈的鋼琴音色完全不一樣，即使這樣，對鋼琴音色也會有相同的要求嗎？照理說，不是應該有不同的要求嗎？如果兩姊妹提出不同的要求，調音師該如何解決？

兩姊妹和她們的母親送我們到門口，太陽已經下山了，停在停車場內的白色小車內仍然很熱。今天由我開公司的車來這裡。柳哥把裝了調音工具的拉桿箱放在後車座，打開了副駕駛座的車門。

「有什麼感想？」

他一上車，我立刻問道，但其實連我自己都不曉得是在問對哪件事有什麼感想。是指對妹妹要求明亮的音色一事有什麼感想嗎？還是指我對妹妹要求音色調得明亮感到不滿的事？雖然我很清楚，調音要尊重客戶的要求。

「她還是老樣子，彈的鋼琴很有趣味。」

柳哥輕聲竊笑著說。

「好久沒聽到這麼充滿活力的琴聲了。」

然後，他瞥了我一眼。

「她的琴聲充滿熱情，是不是很棒？也不枉我辛苦調音。」

雖然我覺得和有趣味不太一樣，倒是同意「熱情」的見解。

「真希望她可以彈一首更像樣的曲子。」

否則很難判斷明亮的聲音到底是否適合。

沒想到柳哥搖了搖頭說：

「那不是蕭邦的練習曲嗎？已經足夠了，雖然很短，但如果她彈更長的曲子，會來不及，現在就已經超過預定時間了。」

蕭邦的練習曲？我對古典音樂一竅不通，現在才開始慢慢學，但那不是蕭邦的曲子吧？而且那也不是曲子，硬要說的話，只能算是活動手指的練習曲——想到這裡，我恍然大悟。

「蕭邦的練習曲是雙胞胎的妹妹彈的曲子吧？」

柳哥瞪大眼睛看著我。

「啊？怎麼？你欣賞姊姊的琴聲？」

我點了點頭。沒錯。我第一次聽到如此靜謐卻充滿熱情的琴聲。

「為什麼？姊姊的琴聲不是很普通嗎？雖然彈得很精確，但僅此而已，妹妹彈的絕對更有趣味。」

姊姊的琴聲很普通嗎？那是普通嗎？也許是因為我自己不會彈鋼琴，所以，會彈一點琴的人，在我眼中就變得很厲害。雛鳥嘰嘰叫著，跟在母鳥身後走路的樣子浮現在腦海。這是我第一次去客戶家調音，第一次聽到客戶彈琴，也許是因為這個理由，才覺得特別。

——想到這裡，我覺得不是這樣。姊姊的琴聲並不普通，明明很特別。也許稱不上是音樂的音連結在一起，震撼了我的耳膜，讓我起雞皮疙瘩，心被打動。

「她的琴色真不錯。」

柳哥說完，又補充說：

「我是說妹妹。」

我也點了點頭。妹妹的琴聲也很出色，她的琴聲氣勢十足，而且充滿色彩，正因為如此，我認為她沒有理由希望音色更明亮。

「啊！」

我踩著油門慢慢駛了出去。

「怎麼了？」

坐在副駕駛座上的柳哥看著我。

「明亮的音色。」

需要明亮音色的不是「妹妹」。「妹妹」一定清楚自己的琴聲，也瞭解「姊姊」的琴聲。她不是為了自己要求音色明亮。並非只有陰沉的音色才能襯托靜謐的琴聲，也許她是為了「姊姊」，才希望把音色調得明亮一些。

「原來是這樣。」

我點著頭，柳哥斜眼看我。

「幹麼？你好可怕。」

「姊妹真不錯。」

柳哥這次並沒有問我：「幹麼這麼說？」

「尤其還是雙胞胎。」

「而且是都很會彈鋼琴，也長得很漂亮的雙胞胎。」

柳哥在副駕駛座上伸直雙腿，心情愉悅地說。

我不知道自己覺得特別的琴聲是否真的特別，但是，第一次去客戶家調音、那戶人家有一對雙胞胎姊妹、鋼琴的音色、必要的明亮，如果能夠為了這些最理想的狀態工作，那麼從今以後，我要繼續一步一腳印、一步一腳印地持續努力。

一定是因為紅豆杉果實的顏色，才讓整條街看起來很熱鬧。行道樹上的紅色，為街道增添了明亮的色彩。以前住在山上的老家時，都會等著路旁的紅豆杉、奇異莓和山葡萄成熟，在上下學的路上，伸手摘一顆來吃。

「沒有人吃嗎？」

我問身旁的柳哥，他「啊」地反問了一聲。

「因為行道樹是公共財，所以不能摘來吃？」

「你在說什麼？」

「紅豆杉啊，今年的秋天來得比較晚。」

說完之後，我才想起紅豆杉在這裡叫紫杉。

「你知道得真詳細啊。」柳哥佩服地說：「我完全不曉得樹木的名字，你是在哪裡學這些的？」

在哪裡學的呢？我從來沒有特別去學，只是莫名其妙就知道了。因為這些樹就在生活周遭，就好像會分辨鮭魚、花魚和紅點鮭一樣，是很稀鬆平常的事，根本稱不上是知識。

「知道樹木的名字也就是知道而已，無法發揮作用。」

在山上生活時，明白風的名字，或是雲的名字更有用，因為幾乎可以正確預報天氣的變化。

樹木就是樹木，不管我曉不曉得它們的名字，它們都在那裡，春天吐芽、長樹葉，秋天結果實。果實成熟後，就會從樹上掉落。小時候，秋天在森林裡玩耍時，到處傳來果實噗答噗答掉落的聲音，我的心就會悄悄平靜下來。無論我在或不在，樹上的果實都會掉落。每次這麼想，就感到安心。聽著噗答、噗答的聲音，可以安心地玩耍。十歲那一年秋天，想到即使我就這樣倒在這片森林中，甚至停止了呼吸，樹上的果實仍然會掉落，解脫的感覺便從腳下油然而生。我知道，我是自由的。但是，在可以讓自己躺在這裡腐爛的自由背後，寒冷和飢餓悄悄逼近，於是又立刻想起活著是多麼不自由。

「你應該也知道花的名字吧？」

聽到柳哥的問話，我回過神。花的名字。我知道山上開的某些花的名字，但不曉得花店賣的那些花。

「說得出花的名字很厲害啊。」

「有嗎？」

「當然啊。」柳哥接著說：「不知道，就代表沒興趣。」

我們明明在討論花的名字，我卻感到芒刺在背，好像柳哥在暗指我對音樂缺乏素養。比起花的名字，比起樹木、雲和風的名字，我還有更重要的事情要學。剛才去客戶家時，客戶問我對似乎是知名鋼琴家的音色有什麼感想，我完全答不上來。

「也許你看到的風景和我看到的不一樣。」

柳哥說。我真的這麼認為。我還有太多必須看的東西。

「知曉樹木的名字，並不是只有知道而已，在實際生活中可以發揮作用。」

不知道柳哥是否在安慰我，但至少無法對調音發揮任何作用。

「你的意思是，比起缺乏話題，當然是話題豐富比較好嗎？」

柳哥很受客戶歡迎。最大的原因，無疑是因為他的調音技術高超，能言善道應該也是原因之一。無論客戶聊什麼，他都能夠配合，也能夠在談話中發揮他的幽默風趣，我每次只能在旁邊點頭附和。

「我指的並不是說話術或是內涵之類，而是可以對調音的主體發揮作用。」

調音的主體？我搞不清楚調音的主體是什麼，因為我只是還在周圍摸索的見習調音師而已。

「知道很多具體事物的名字，能夠回想起細節很重要。」

柳哥可能看到我一臉疑惑的表情，想了一下後，向我舉例說明。

「比方說——」

柳哥的「比方說」很難理解，他的比喻都會繞很大的圈子。這個時候，我才終於瞭解，必須具備傾聽的技術，才能夠順利走到中心點。

「你喜歡乳酪嗎？」

「喜歡。」

我很喜歡乳酪。雖然明知他只是在比喻，但我還是只能這麼回答。

「我以前也很喜歡，我以為自己喜歡，但最近吃了不知道在哪裡得了獎的正宗藍紋乳酪，嚇了一大跳。那種味道完全超出了常識的範疇，我根本難以下嚥，但實際上受到很多人的認同，所以才會得獎，不但有人覺得好吃，而且還讚不絕口。人的味覺真是太深奧了。」

我不發一語，邊走邊思考。調音和乳酪有什麼關係？

「外村，如果客戶要你調出像乳酪一樣的音，你會怎麼辦？」

我停下腳步，看著柳哥。

「首先，我會確認乳酪的種類。是天然乳酪，還是加工乳酪，也會向客戶瞭解熟成的程度。」

無論顏色、氣味、柔軟度，當然還有味道，都可以根據發酵和熟成的程度大致想像，是否可以根據這些去摸索音色？

「原來是這樣。」

柳哥露出笑容，點了兩次頭。

「你好像說過你以前住在牧場？」

「不。」我笑了笑：「我家附近有牧場，那裡也做乳酪。」

對了，我們以前也聊過類似的話題，那次同樣是在離開客戶家回樂器行的路上，聊的是牧場的雞蛋。當時聊到如果提起白煮蛋，能夠想到越多種類越好。

「有人喜歡半熟的，有人喜歡全熟的。」

對了，那次柳哥有點不服氣。

「同樣是半熟的，有人喜歡流動的蛋黃，也有人喜歡口感比較滋潤綿密的蛋黃。我喜歡滋潤綿密一點的，撒一點鹽，撒上橄欖油，簡直是人間美味。」

我從來沒有在吃白煮蛋時淋上橄欖油。無論在我的租屋處，還是老家的廚房，都沒有橄欖油這種東西。

「流動的蛋黃和滋潤的蛋黃沒有好壞之分，只是每個人的喜好不同，當然，全熟的白煮蛋也一樣，並不能說，喜歡全熟白煮蛋的人就很幼稚。」

喜歡全熟白煮蛋的人怎麼可能幼稚？我絕對喜歡全熟的白煮蛋，每次咬下細膩紮實、顏色像小雞一樣，邊吃邊掉的蛋黃，就覺得是世界上最完美的食物。

「總之，這是個人喜好的問題，客戶的不同喜好，決定了他們希望鋼琴有怎樣的音色。」

兩個話題終於產生了交集。柳哥似乎對剛才那位客戶提出的要求感到不滿，但客戶並不是要求他調成全熟的白煮蛋，而是要求調出硬質的音色。柳哥的比喻都很費解。

「搭配蒸蘆筍時，最好是接近溫泉蛋的流動白煮蛋，像醬汁一樣搭配蘆筍一起吃不是超美味嗎？很難分辨客戶是嘗過流動的白煮蛋後仍然堅持要全熟的白煮蛋，還是因為只吃過全熟的白煮蛋，所以認為全熟的白煮蛋比較好。」

雖然很費解，但我勉強能夠理解。

「當客戶說，想要硬質的音色，或是柔和的音色時，必須確認對方到底以什麼為基準。」

當時，那個客戶要求盡可能調出硬質的音色。可在調好之後，他又不滿地說，聲音太尖銳了，最後只好又稍微調整了每一個音，耗費了不必要的時間和工夫。

「即使客戶說想要柔和的音色，也必須抱著懷疑的態度，瞭解客戶想的到底是哪種程度的柔和，客戶所需要的真的是柔和嗎？技術當然很重要，但首先要進行溝通，盡可能充分確認客戶的感覺，具體瞭解客戶想要的是怎樣的音色。」

是從冷水開始煮八分鐘的半熟蛋，還是煮十一分鐘的半熟蛋；是春風般的柔和，還是松鴉羽毛般的柔和。

即使和客戶之間有了共同的概念，離終點還有很大一段路。因為調音師的工作，就是必須具體呈現這種柔和。

「也許該說不可以相信語言，不，也許該說不可以不相信語言。」

柳哥自言自語著，仰頭看向高空，好像他的目標在蔚藍的天空遠方。果真如此的話，離柳哥還差了一大截的我，必須看向比他更高、更高的地方。仰頭看著一望無際的天空，脖子都痠了，我又將視線移回行道樹紅豆杉的紅色果實上。

調音師有各種不同的類型，做法也不相同。我很慶幸剛好跟著柳哥當徒弟，我以後應該也會像柳哥一樣，仔細瞭解客戶對音質的喜好後再動手調音。

也有人認為，根本不需要語言。好音色就是好音色，即使問客戶，想要調出什麼音色，也很少有客戶能夠正確表達，既然這樣，還不如由調音師提供好音色比較直接，大部分客戶都會滿意——我認為事實應該也是如此。如果有人問我怎樣的音色是好音色、想要怎樣的音色，我大概也是答不上來的其中一人。語言根本不可靠。

但是，有時候只要一彈鋼琴就知道了，聊一下喜歡的樂曲也能夠瞭解。演奏者的年紀、彈鋼琴的技藝，還有鋼琴的特性、琴房的格局也會影響選擇。要將各種不同的拼圖組合起來，拼出最適合客戶的音色。

「有不同類型喔。」

說這句話的是秋野先生。他四十出頭，瘦瘦的，戴了一副銀框眼鏡。雖然年紀不輕，但他的女兒年紀很小，兒子才剛出生。或許是因為這個原因，無論店裡再怎麼忙，他都準時下班。白天時，他經常外出調音，所以沒什麼機會看到他。我不知道秋野先生怎麼調音，也不曉得他會調出怎樣的音色。我很希望能夠聽聽秋野先生的音色，也聽他聊聊工作的事。

「什麼的類型？」

「客戶的類型。」

他偶爾會在中午來辦公室吃便當，便當包得很可愛，但不知道是什麼原因，他有時候會帶便當，有時候卻沒有。他打開格子布綁的結時對我說：

「很多人只求音程準確，彈起來悅耳就夠了，很少有人會對音色提什麼要求。所以，客戶分成不提要求，和會提要求的兩大類型。」

「面對這兩種不同的類型時，會用不同的方式調音嗎？」

「嗯。」

秋野先生若無其事地點著頭。

「如果客戶沒要求，再怎麼努力也是白費。」

「所以，只有懂音色的客戶，才會回應他們的要求嗎？」

想到那些被認為不懂音色的客戶，只能得到千篇一律的調音，心情就不由得沉重。也許那些人有可能慢慢瞭解，也許他們聽了秋野先生調過的音，會對鋼琴有全新的認識。

如果當時板鳥先生覺得反正是放在學校體育館的鋼琴，就隨便調音，我就不會在這裡，現在一定在完全不同的、和鋼琴無緣的地方過日子。

「還有……」

秋野先生打開便當盒蓋，似乎確認了菜色。他露出一絲笑容後，再度看著我。

「客戶的要求不是也有不同的方式嗎？」

這代表秋野先生只接受客戶刻板的要求嗎？若只接受過這樣的要求，我感覺似乎很無趣。

「比方說，有些客戶會用葡萄酒的香氣和味道來形容。」

「呃，怎樣的……不好意思，我沒有喝過葡萄酒。」

秋野先生微微偏著頭問：

「你酒量很差嗎？」

不是因為我酒量差，而是因為我才二十歲。我只喝過新年參拜和秋季廟會時的神酒。讀專科學校時，實習和功課很忙，根本沒時間喝酒。進了這家店之後，在歡迎會上第一次喝了啤酒，但其他人一點都不嗨啊，都只靜靜地喝自己的酒而已。值得慶幸的是，沒有人灌我這個新人喝酒。

「即使沒喝過，也總該聽過吧。像是葡萄酒濃郁的芳香，或是好像雨後蕈菇般的香氣，或者天鵝絨般柔順的質感。」

我不置可否地點了點頭。

「反正就是有這種形容的方式。調音也一樣，和客戶對話時使用的語言也有不同的類型。」

「像是濃郁的音色之類的嗎？」

「嗯，也有很多人要求明亮的音色、清澄的音色或是華麗的音色。每次根據客戶的要求去思考不同的音色很麻煩，所以就事先決定，若客戶要求明亮的音色，就調到這種程度，華麗的音色就到那個程度。這樣就夠了。」

「你是說，根據客戶形容的方式，選擇調音的方式嗎？」

「沒錯。」

秋野先生用筷子夾起切成章魚形狀的紅色小香腸。

「我們是去普通的家庭調音，他們不會有更高的要求，即使這麼做也沒有意義，而且，隨便提高鋼琴的精確度……」

他把小香腸放進嘴裡，用模糊不清的聲音說：

「……也無法駕馭。」

他的話太狂妄，我無言以對。聽說秋野先生以前想當鋼琴家，他在音樂大學的鋼琴系讀完研究所，雖然當了一陣子鋼琴家，但之後又去讀了調音的專科學校。他說無法駕馭鋼琴，當然不是指他自己，而是指客戶。我覺得很空虛。最好的鋼琴是讓每個人都能彈得很順暢、能夠駕馭，但普通的鋼琴手無法駕馭調音調得很完美的鋼琴。

真的是這樣嗎？

也許並非如此，也許只是秋野先生看到這樣的景色，但我還是被震懾了。因為他是有十幾年調音經驗的調音師，而且他曾經想要成為鋼琴家，也許他看到了我無法看到的風景。

白天越來越短。從客戶家裡出來，天色已經暗了。

「不好意思，我今天不回店裡，沒問題吧？」

來到停好的車子附近時，柳哥對我說。

「好，那我幫你把工具包帶回店裡。」

「不好意思啊。」

裝了調音工具的工具包很沉重。雖然稱為工具包，但柳哥使用拉桿箱，也有人用行李箱或是公事箱。

「不瞞你說，接下來我有很重要的事。」

「是嗎？」

柳哥一臉不服氣地看著我說：

「你為什麼漠不關心？通常不是會問，是什麼重要的事嗎？」

「對不起，是什麼重要的事？」

「算了。」柳哥嘟著嘴，抬起了頭，但他的眼中露出了笑意。

「我告訴你喔……」他突然露出嚴肅的表情。「我今天要送戒指給我女朋友。」

「戒指……女朋友……」

我像傻瓜一樣重複之後，終於恍然大悟。

「加油。」

柳哥聽到我這麼說，似乎覺得很有趣，看著我說：

「你有什麼好緊張的？」

「對不起。」

我低頭道歉，柳哥笑了起來。

「真是個奇怪的傢伙。」

我揮手向柳哥道別，獨自駕駛著白色的公司車。落日餘暉把山邊染成一片桃色。等紅燈時，一群高中生走過我眼前的斑馬線。這附近有一所高中，可能剛好是放學時間。我把手放在方向盤上，怔怔地看著前方，視野角落看到一個高中生停下了腳步。我不經意地轉頭看往那個方向，和站在那裡的高中生四目相接。我立刻發覺，是那個女生。彈了一手迷人鋼琴的雙胞胎，只是我不清楚她是雙胞胎中的哪一個。我隔著擋風玻璃向她點了點頭，她站在斑馬線上對我說：

「你是調音先生吧？」

我打開車窗回答：「對。」只不過我還在見習。她和身旁的女生不知道說了什麼，然後向我跑了過來。

「遇見你真是太好了，剛才小和——我姊姊打電話給我說，La的音彈不出來，但聽說柳先生工作很忙，今天沒空來家裡。」

既然她提到「姊姊」，就代表她是妹妹。我記得她叫由仁。柳哥很欣賞雙胞胎的琴藝，尤其是由仁的琴技，即使這樣，仍然覺得今天沒時間去她們家嗎？還是負責事務工作的北川小姐接到電話時就代為拒絕？

「你可以去看看嗎？」

雖然我很希望能夠幫忙，最重要的是，我很想修理無法發出聲音的鋼琴，但是，我必須說實話——

「對不起，我的技術還不成熟，應該無法幫上忙。」

「你還不是調音師嗎？」

她說話的語氣難掩失望。

「不，我是調音師。」

即使我很想解釋，但還是拚命忍住了。我是調音師。我是調音師。現在不需要辯解。

「那就拜託你去看看。」

她在斑馬線中央用力鞠躬。果然是由仁。她的個性就像她的琴聲。

「我打電話問問，請妳等我一下。」

號誌燈快改變了。綠燈之後，我駛過斑馬線，然後在路肩停下車。我打電話回店裡，向接電話的北川小姐簡單說明了狀況。

「我可以去嗎？」

北川小姐語氣平靜地說：

「應該沒問題吧？」

「那我去看看，如果出了問題，我會再打電話回去。」

「我會幫你打電話給阿柳，他說今天有重要的事，所以我原本在電話中回覆客戶，明天才能去修。」

「好的，麻煩妳了。」

看來是北川小姐幫柳哥擋下了這通電話。

我不知道送戒指給他女朋友有多重要。這不是誇張，而是我無法想像。送戒指給女朋友，雖然聽起來很簡單，但我這輩子可能永遠都沒有這個機會。我總覺得柳哥應該會先修好彈不出聲音的琴鍵，再去見女朋友。也許這種想法只是我一廂情願。

我掛上電話時，由仁已經向她朋友道別，在一旁等我。

「妳要不要坐我的車一起回家？」

我打開左側的窗戶說，她立刻坐進副駕駛座。

「請妳坐在後車座，這樣比較安全。」

「離這裡很近，我坐在這裡就好，而且後面放了很多東西。」

對了，後車座放了兩個人的調音工具。我把車子緩緩駛了出去。她在繫安全帶時看向後車座。

「咦？有什麼東西掉在車上。」

是什麼？我沒有在車上打開工具包，應該不是調音工具。

「是漂亮的小盒子。」

我不知道是什麼，所以沒有吭氣。

「上面綁了緞帶。」

她的聲音帶著興奮。

「好像是戒指的盒子！」

「啊？」

剛好又遇到紅燈。我拉起手煞車，回頭看向後車座。沒錯，座椅下方的確有一個包裝過的小盒子。一定是柳哥掉的。他掉了要交給女朋友的戒指，不知道他目前正在幹麼……剛才在斑馬線上直接找我談判時滿臉緊張的由仁，在看到戒指後臉上的表情放鬆了。我不禁暗自感謝柳哥。我伸手撿了起來，放在儀表板上。映照在擋風玻璃上的深紅色緞帶好像一朵花。

我們很快就到了由仁的家。

「我回來了！我帶調音師一起回來！」

聽到由仁的聲音，她的雙胞胎姊姊從裡面房間走了出來。

「太好了！」

「想到今天沒辦法彈琴，心情就悶悶的，可能晚上也會睡不著。對不對？」

雖然我搞不太清楚心情悶悶是怎樣的狀態，但可見對她們來說很重要。

我立刻打開鋼琴的頂蓋確認，逐一彈了每一個琴鍵，發現其中一個無法彈回來。

「啊，這個——」

我才說到一半。

「可以修好嗎？」

「可以修好吧？」

雙胞胎幾乎同時發問。

「沒問題。」

連結琴鍵和琴槌的連結器太硬了，只要稍微調整一下，就可以恢復原狀。

「這個季節，要注意溼度的問題。」

鋼琴是用木頭製作的精密樂器。每個調音師都知道要注意溼度，在專科學校時，老師也千叮萬囑這件事。我讀的專科學校在本州，老師要求我們在秋冬季節要注意溼氣的問題。溼度高時，木頭會膨脹，螺絲會鬆，鋼弦會生鏽，音色就會變調。這裡的情況不一樣，雖然也是因為溼度造成音色變調，但秋冬季節必須注意的是乾燥問題。這裡的溼度太低了。

「謝謝。」

雙胞胎異口同聲地說。

「我想這樣應該沒問題了。」

我試著按下琴鍵，琴槌抬了起來。很簡單的作業。

「我可以彈一下嗎？」

「當然沒問題。」

由仁坐在鋼琴前的椅子上。和音也坐了下來。難怪有兩張椅子。我還來不及多想，她們就開始聯彈。

音符的顆粒頓時擴散。那是一首不停打轉的樂曲，我不知道是什麼曲子。雙胞胎活力充沛。黑色的眼眸，紅通通的臉頰，和垂在肩上的髮梢，都洋溢著生命的動力。這些動力在指尖轉換，注入鋼琴，創造出音樂。雖然有樂譜，譜上寫了必要的音符，但雙胞胎演奏的音樂完全屬於她們，也屬於站在這裡聆聽的我。

「太美妙了。」

我用力鼓掌。

我很懊惱自己只能說出「美妙」這種字眼，只能發出掌聲。我不認為這句話、這種掌聲，足以稱讚她們的演奏。

「謝謝。」

雙胞胎笑著向我鞠躬。

「第一次有人這麼高興。」

「嗯，真的是第一次，對吧？」

「對啊。」

我覺得不可能。不可能。她們一定是謙虛。

「真開心。」

「對啊。」

其中一人雙手捧著臉頰，另一個人一手抓著頭。我似乎漸漸能夠分辨出她們誰是誰了。

「那我就先回去了。」

我正打算離開，雙胞胎挽留了我。

「不知道是否因為乾燥的關係，整體的音程好像上升了。」

「總覺得不太舒服。」

雙胞胎紛紛說道。我也的確有點在意，但還不到有問題的程度，所以我認為不處理也沒問題。即使要處理，也不是由我，而是要柳哥親自處理。

但是，只能說是鬼使神差。她們剛才的聯彈讓我熱血沸騰。也許我有辦法處理。只要調整一下微妙的偏差就好，希望雙胞胎可以彈得很舒服自在。

每一架鋼琴都不一樣。雖然我以為自己瞭解這件事，但其實完全不懂。第一次觸碰鋼琴，琴房內過度乾燥，雖然一點也不熱，我卻滿頭大汗。我以為自己沒有緊張，但手指在發抖。只要微微轉動釘子就好，卻一下子轉太多。想要轉回去，手指卻打滑。平時可以輕易完成的工作卻耗費了漫長的時間。

只要調一點，只要調一點。心裡明明這麼想，卻可以感受到聲音向相反的方向偏差，聲音參差不齊。越調，差得越多；越著急，就連音波都無法捕捉。只有時間不斷流逝，冷汗直流。以前學的知識，和每天在店裡的練習，都不知道跑去哪裡了。

這時，放在胸前口袋裡的手機響了。我離開鋼琴，看了手機螢幕。是柳哥打來的。我目前最不想接到他的電話，卻也最渴望接到他的電話。

「不好意思，是我。戒指——」

「有。」

我立刻回答。

「啊，太好了！我快急瘋了。」

柳哥說到這裡，「嗯」了一聲。

「嗯？怎麼了？外村，發生什麼事了？」

是心電感應嗎？我忍不住這麼認為。難道他察覺了我的想法嗎？我只能據實以告——

「柳哥，對不起，明天一大早可不可以請你安排一次到府調音？」

我用盡渾身力氣拜託電話彼端的柳哥。

「我目前在佐倉家調音，但處理之後，反而越來越糟了。」

柳哥沉默了三秒鐘後說：「好啊。」

我覺得自己很沒出息，但更感到抱歉。雙胞胎今天很想彈琴，才會找我來，我卻搞砸了。我對雙胞胎感到抱歉。她們今天無法彈琴了。我對柳哥感到抱歉。也對樂器行感到抱歉。我自作主張碰了鋼琴，又自作主張地調壞了。明天即使再度上門調音，也無法向客戶收錢。

「但是……」

雙胞胎的其中一個開了口。她們剛才一直默默在房間角落看著我，開口的應該是由仁。她大步走到鋼琴旁說：

「這個音很棒啊。」

噹。她彈了基準La音。清澄而悠揚，和我的慌亂呈明顯的對比。

「所以，你想要配合那個音。你聽，這個音也很棒啊。」

噹啷。她又彈了旁邊的琴鍵。噹啷、噹啷。她繼續彈了旁邊的旁邊那個琴鍵。還有更旁邊的琴鍵。

「雖然這麼說可能有點狂妄，但我完全瞭解你想要做的事。那是凜冽的音色，是我想要的音色，所以，即使沒有成功，也完全不覺得討厭。我相信還差一點，只是差了一點什麼而已。」

和音也開了口——

「我也這麼覺得。即使整合得再好，如果全都配合單調乏味的音，反而會讓人很失望。我也很喜歡這種有點挑戰的音色。」

挑戰嗎？試圖挑戰什麼呢？我只能咬著嘴唇。那根本不是挑戰，只是不自量力。

「真的很抱歉。」

我低頭道歉時，淚水竟然差一點流下來。

「明天早晨，柳哥——平時那位調音師會來這裡。真的很抱歉。」

「不，是我勉強拜託你。」

我再度道歉後，離開了她們家。工具包格外沉重。我覺得自己太糟了。再過一百年，我也沒資格在心裡對秋野先生品頭論足。

走出公寓，步向停車場。白色小車子仍然停在停車場，戒指仍舊放在儀表板上。入夜之後，氣溫陡然下降，擋風玻璃都起霧了。我一路慢吞吞開回店裡，沿途不知道被按了幾次喇叭。

回到店裡，一樓的鐵門已經拉下，但二樓仍然亮著燈。雖然時間不算太晚，但晚上沒有鋼琴課的日子，樂器行在六點半就會拉下鐵門。我很希望大家都下班回家了。

我從後門走進店內，上了二樓。兩個工具包很重。我內心期待著不要遇到任何人，沒想到今天偏偏遇到了板鳥先生。不曉得他是否剛從客戶那裡回來，身上還穿著外出夾克。我不敢正視他。我那麼崇拜他，一心想要向他學習很多東西，但我連技術不成熟的程度都還沒有達到，板鳥先生應該也沒什麼好教我的。

「辛苦了。」

聽到板鳥先生平靜的招呼聲，我只能回答：「不會。」如果繼續說話，我的情緒可能會崩潰。

「怎麼了嗎？」

「板鳥先生……」

我克制著聲音中的顫抖。

「調音怎樣才能進步？」

問完之後，我發現自己問了蠢問題。別說進步，我連調音的基本都做不到。樂器行規定，要跟著前輩學半年，是我自作主張，破壞了樂器行的規定。我想起了奧菲斯的神話，在只差幾步路的地方回頭，結果導致亡妻回到了冥界。真的只差幾步路而已嗎？也許以為很近，其實遙不可及。

「這個喔。」

板鳥先生露出沉思的表情，但我不知道他有沒有真的考慮。我的腦海中突然浮現板鳥先生調的音。那是我第一次聽到的鋼琴聲。為了追求那種境界，我來到這裡，卻或許始終沒有進步，也許這輩子永遠無法接近那種境界。我第一次感到害怕。那是不慎踏進鬱鬱蒼蒼的森林時所感到的害怕。

「到底怎麼樣……」

我的話說到一半。

「如果你不嫌棄……」

板鳥先生遞給我一把調音鎚。那是把調音釘旋鬆或旋緊時使用的鎚子。

「你要不要試試這把？」

我接過板鳥先生遞過來的調音鎚的柄。雖然很重，但握在手上很順手。

「這是賀禮。」

我聽不懂板鳥先生說的「賀禮」是什麼意思，露出了訝異的表情，他問我：

「你不要嗎？」

「當然要。」我不假思索地回答。我清楚地發現，森林雖然很深，即使這樣，我也無意回頭。

「看起來很好用。」

「不是看起來很好用，而是真的很好用。如果你不嫌棄就送你，這是我送你的賀禮。」

板鳥先生平靜地說。

「什麼的賀禮？」

據我記憶所及，今天是我人生中最慘的日子。

「我看到你的臉，沒來由地覺得，你已經站上起跑點了，所以應該可以慶祝一下。」

「謝謝你。」

我道謝的語尾顫抖著。板鳥先生想要鼓勵我，告訴站在森林入口的我，可以從這裡開始邁步前進。

我以前就希望有機會摸一摸板鳥先生使用的調音鎚，曾經好幾次偷偷看他保養調音工具，很想知道他使用哪些工具，要如何使用那些工具，才能調出那種聲音，作夢也沒有想到，竟然會在這個時間點得到他的調音鎚。

「板鳥先生，我可以請教你一個問題嗎？」

我右手緊握著調音鎚問道。

「你追求的是怎樣的音色？」

這是我之前一直忍著不敢問的問題。雖然很想問，但覺得不能用話語問這件事，我一直都這麼認為。我不知道自己現在為什麼問了這個問題，是因為想要吧？就算不顧一切，也想要尋求能夠漫步森林的啟示。

「追求的音色嗎？」

板鳥先生的表情一如往常的平靜。

每個人追求的音色應該各不相同，無法一概而論，必須配合彈琴的人，也會因演奏的目的而改變——雖然我向板鳥先生問了這個問題，但自己搶先為板鳥先生設定了答案。我希望盡可能不是具體的答案，希望不要讓我真的只能以此為目標。

「外村，你知道原民喜嗎？」

原民喜。我好像聽過這個名字。應該不是調音師。是演奏家嗎？

「他曾經說過……」板鳥先生輕輕咳了一下：「明亮寧靜，而又清澈懷念的文體，帶著一絲小任性，充滿了嚴格和深奧的文體，宛如夢境般的美麗化為現實的真切文體。」

我不知道文體是什麼。然後，我恍然大悟。

原民喜。是小說家，在高中的現代國文課讀文學史時，曾經背過這個名字。

「原民喜說，他追求這樣的文體，我看了這段之後，陶醉不已，覺得這段文字完美地表達了我理想中的音色。」

把文體換成音色嗎？

「對不起，請你再說一次。」

我希望再一次仔細聽清楚。

「我只再說一次而已喔。」

板鳥先生穿著一件有點皺的夾克，挺直身體，再度清了清嗓子。

「明亮寧靜，而又清澈懷念的文體，帶著一絲小任性，充滿了嚴格和深奧的文體，宛如夢境般的美麗化為現實的真切文體。」

啊，沒錯。就是那樣。明亮寧靜，而又清澈懷念，帶著一絲小任性，充滿了嚴格和深奧，宛如夢境般的美麗化為現實的真切音色。

那正是板鳥先生調出來的聲音，那個聲音改變了我的世界。我嚮往那樣的聲音，所以才會來到這裡。從在高中的體育館聽了板鳥先生的聲音，到高中畢業的一年半，加上在調音師學校就讀的兩年，以及在這裡工作的半年。經過四年的時間，我現在終於站在這裡。我只能從這裡繼續向前走。從一無所有的起點開始，不急不躁，一步一腳印。

「咦？」

板鳥先生看向門的方向，門立刻打開了，柳哥走了進來。

「柳哥。」

柳哥一臉生氣地大步走入，抓住了我剛才帶回來的拉桿箱的拉桿。

「走吧。」

我差一點問他要去哪裡。可我知道答案，慌忙地拿起自己的調音包。

「但是，柳哥，你今天不是有重要的——」

我的話還沒說完就被打斷了。

「反正忘了帶戒指，我回來拿，等一下再去她那裡，但在那之前，趕快把事情處理完。」

那不是能夠快速處理完的事。柳哥非常瞭解這一點。

「對不起。」

「第一次都會緊張，這也是沒辦法的事，只是你太性急了。」

柳哥說完，對板鳥先生欠了欠身說：「那我們先走了。」

柳哥原本不打算回店裡，原本今天晚上有重要的事，如今卻……

我右手拿著工具包，左手握緊調音鎚，跟在柳哥的身後。當我回頭想要向板鳥先生打招呼時，看到他打開夾克的扣子，挽起袖子，認真地擦拭調音工具。

柳哥用細針刺向羊毛氈琴槌前端，一次、兩次。

雖然小心謹慎，卻毫不猶豫，刺了幾次之後，他俐落地放回原來的位置，然後移向旁邊的琴槌。一次、兩次、三次。我雖然在一旁計算次數，但我知道次數並不重要。刺針的位置、方向、角度和深度。只能憑感覺捕捉這些重要的事。

今天的客戶希望可以再度彈奏家裡的老鋼琴。雖然客戶說一直沒有保養，所以有點擔心，但至少鋼琴外側擦得很乾淨，和沉穩老舊的房子相得益彰。那是如今已經倒閉的國產鋼琴廠生產的直立鋼琴。雖然一直沒有人彈，也沒有調音，但客戶每天打掃家裡時，都會抹去灰塵，有時候應該也會特別仔細擦拭。鋼琴帶著光澤靜立在那裡。

柳哥和我上門時，有點年紀的婦人客氣地問：

「這架鋼琴，能夠恢復原狀嗎？」

柳哥點了點頭向她保證：

「我會盡力而為。」

柳哥並沒有保證會恢復原狀，而是保證盡力。在打開鋼琴，確認鋼琴的狀態之前，無法瞭解能不能恢復原狀。如果損傷的程度超出根據外觀的想像，就無法光靠調音解決問題，有時候甚至可能需要大規模修理。

但是，委託人似乎對柳哥的回答很滿意。她把黃銅鑰匙插進鋼琴的鑰匙孔，發出喀答的聲音。

象牙琴鍵有點泛黃，柳哥彈了幾個琴鍵，發出有點悶的聲音，音程也都亂了，但並不像想像中那麼嚴重。柳哥用雙手彈了兩組八度音後，當著委託人的面迅速拆開螺絲，把前方的琴板拆下放在地上，確認琴弦和音槌的狀況，之後面帶笑容，用柔和的語氣問委託人：

「妳剛才問我，能不能恢復原狀，對嗎？」

委託人點了點頭。

「沒有問題，恢復原本的音色基本上沒問題，但稍微保養一下，可以發出比以前彈奏時更出色的音色。」

柳哥說完之後，又補充說：

「當然，一切由妳決定。是要將重點放在恢復原狀，還是不拘泥於原狀，追求更好的音色呢？」

委託人摸著花白的頭髮，思考了一下。

「無論選擇哪一種做法都可以？」她戰戰兢兢地問：「真的都可以嗎？」

「對，真的都可以，最重要的是，可以調出妳喜歡的音色。」

柳哥拍胸脯保證後，委託人終於鬆了一口氣，露出了微笑。

「那請你恢復原狀。」

「沒問題。」柳哥說完後，好像突然想到什麼似的問：

「請問以前是誰彈這架鋼琴？」

「我女兒，但還沒有練好就放棄了。我和我老公都不會彈鋼琴，所以也無可奈何。」

她小聲地繼續說了下去：

「以前女兒彈的時候，就沒有好好照顧這架鋼琴，所以它也沒有好好發揮本領。雖然你說可以調出更出色的音色，但我只希望恢復原狀，真的很抱歉。」

不，別這麼說。我也在柳哥身後搖頭，想要告訴她不必介意。每個人追求的音色不同，我能夠理解她想要重現當年女兒彈奏時那種音色的心情。

「那我現在開始作業，可能需要兩、三個小時，妳不必介意，可以像平常在家裡時一樣。如果有什麼問題，我會隨時向妳請教。」

柳哥向我使了個眼色，我也向委託人鞠了個躬。

委託人離開後，柳哥立刻開始工作。今天除了像平時一樣調出正確的音程以外，還要進行整音，那是製造鋼琴音色的作業。

把一整排琴槌連同框架一起拆下來。按下琴鍵時，琴槌產生連動，擊向垂直繃緊的鋼弦，發出聲音。琴槌使用將羊毛壓製而成的羊毛氈製作，無論太硬或太軟都不理想。琴槌太硬時，音色容易變得尖銳；琴槌太軟，音色則顯得笨重。整音的關鍵，就是必須使用很細的砂紙修磨，或是用針刺，以恢復琴槌的彈性，調整琴槌的狀態。

這項作業很重要，正因為是關鍵，所以難度也很高。無論用砂紙修磨，還是用針刺，都只能磨一點、稍微刺一下而已，完全靠雙手記住該磨、該刺的關鍵位置。根據想要調出的音色，針對每一架狀態都不相同的鋼琴，和每一個都不相同的琴槌修磨、刺針，需要耗費很多時間和工夫，只要稍有閃失，就會毀了琴槌。我覺得壓力應該很大，但也同時認為應該很有趣。

我看著柳哥的雙手，希望自己有朝一日，也能夠像柳哥一樣洞悉鋼琴的個性，並考慮到鋼琴的特性，瞭解彈琴人的喜好，調出滿意的音色。

柳哥的整音很舒服，音色不會太華麗，而是統一成輕盈的音色。我認為調音師的人格也會對音色產生影響。

「啊，真不錯呢。」

委託人聽著調完音的鋼琴聲，瞇起眼睛說道。

「鋼琴的聲音恢復成原來的樣子，整個房間也好像變得明亮了。」

看到客戶喜悅的樣子很高興，只不過那不是我的功勞。我覺得改善鋼琴的音色，可以讓客戶高興，就和看到路旁的鮮花綻放會感到高興一樣，不需要區分是自己的鋼琴，或是別人家的花，看到美好的事物而高興，是一種純粹的喜悅。有幸感受這種喜悅，也是這份工作的魅力。

「你剛才刺了不少針。」

開車回店裡的路上，我問柳哥。柳哥似乎有點累了，靠在副駕駛座的座椅上。他專心調了三個小時的音，當然很疲累。

「是因為很多年沒人彈的關係嗎？」

我知道柳哥很累，也很不願意打擾他，但我無法不問。我握著方向盤，其實更想做筆記。柳哥願意和我分享多少經驗？

「你是為了恢復原狀才刺琴槌吧？所以說，琴槌上有很多刺過的痕跡嗎？雖然肉眼看不出來，觸摸就可以瞭解嗎？」

「不……」柳哥仍然靠在椅背上，轉動眼珠子看著我。

「榔頭上完全沒有刺痕，雖然這架琴很老了，卻好像新的一樣。以前的調音師應該是不刺針的人。」

「啊？」

不同的調音師對要不要刺針這件事的看法不同。新鋼琴的聲音太尖銳，刺針之後，音質會變得柔軟豐滿，但如果刺的位置不對，非但無法讓音色更出色，反而會導致劣化。刺針的行為耗費工夫，而且還有風險，所以很多調音師乾脆不刺針。

「那你剛才為什麼刺那麼多針？」

「因為我知道，這樣可以調出更理想的音色。」

我驚訝地看向柳哥，他若無其事地說：

「讓那架鋼琴繼續悶在那裡太可惜了，要讓它發揮一下。」

「這樣不是和原本的琴聲不一樣了嗎？」

「如果純粹只是就音色而論，的確不一樣。」

但委託人的選擇是「恢復原狀」。

「問題在於原來的琴聲。我覺得她的記憶本身，也就是小女孩彈鋼琴的幸福記憶，比她記憶中原本的琴聲更重要。」

未必一定是幸福的回憶，但如果全都是不幸的回憶，應該不會特地想要恢復原來的音色。

「她想要的並不是原音忠實重現，而是幸福的回憶。反正原來的音色早就不存在了，既然如此，我認為應該呈現那架鋼琴原本的音色才對。當鋼琴發出柔和的聲音，她就會找回當年的記憶。」

我握著方向盤看向前方，一句話也答不上來。我不知道這麼做是否正確。換成是我，會怎麼做？會根據委託人的要求，以恢復原狀為最優先嗎？但是，為了尊重原來的狀態，而錯失恢復那架鋼琴原本豐潤音色的機會——光是想到這件事，就覺得很痛苦。

沒錯，如果只能在委託人設想的範圍內工作，必定很痛苦。將委託人想像的感覺具體化，之後，才能體會調音師工作的樂趣，不是嗎？

「那些琴槌很棒。」柳哥說話的聲音很開朗。

「我也這麼覺得。雖然發硬了，但仍然有羊毛的觸感。」

羊毛製的琴槌敲打鋼弦，成為音樂。柳哥小心翼翼地刺了針的白色琴槌雖然又小又舊，但一定能夠充分發揮功能。

「我之前聽說中東的某個國家，把羊視為富足的象徵。」

柳哥把雙手抱在腦後當作枕頭。

「只是因為有錢人家有很多羊的關係吧？」

「是啊。」

即使我從小在綿羊牧場附近長大，可能也在無意識中將家畜對照貨幣價值，但是，現在想到羊的事，回想起的是綿羊在遼闊的綠色草原上悠閒吃草的景象。出色的羊可以創造出色的音色。我認為這就是富足。即使生活在相同的時代，相同的國家，我確信有人想像中的富足，是高樓林立的街道景象。

雙胞胎有時候會來店裡，有時雙雙現身，有時只有其中一人出現。她們通常都在學校放學後走進店裡，看看書籍區的樂譜，或是跟鋼琴有關的書籍。應該是因為樂器行剛好位在她們家和學校之間，所以順便來逛逛。

自從我上次在她們家調音失敗之後，她們似乎對我產生了親近感。她們來店裡幾乎沒什麼特別的事。偶爾遇見時，會聊聊鋼琴，或是學校發生的一些無足輕重的事，然後說聲：「不好意思，打擾你工作了。」就興高采烈地回家。

北川小姐說，她們鞠躬的樣子很可愛。

「去高中女生的家裡調音，真是美差呀。」

其實柳哥才是她們家的調音師，我只是跟著柳哥而已，而且之前還闖了禍。

今天，難得櫃檯通知有人找我。我下樓一看，原來是雙胞胎。正確地說，是雙胞胎的其中一人。光從外表，我分不清楚是哪一個。她看到我，一臉嚴肅的向我鞠了一個躬。

「你好，不好意思，在你工作時間來打擾。」

「沒關係。」

我知道她是和音。因為只有和音會露出這麼嚴肅的表情。她突然又鞠了一躬說：

「對不起，我每次都跑來找你，真的很對不起。」

「不，完全沒問題。有什麼事嗎？」

和音聽了我的問話，更用力咬著嘴唇。

「因為我想你可能會願意聽我說這件事，對不起。」

和音再度道歉後說了起來——

「很快要舉行發表會了。」

「是嗎？」

「由仁沒有告訴你嗎？」

由仁幾天前來過這裡，但沒有提到發表會的事。和音看到我搖了搖頭，垂下了視線。

「以前就一直是這樣，由仁很豁達，完全不把發表會的事放在心上。她應該覺得好好享受發表會就好，所以彈得很自由奔放，她的琴聲聽起來真的很快樂。練琴也一樣，不練琴的日子，她就真的不練。我沒辦法像她那樣，會忍不住練琴。」

「好厲害。」

「由仁真的很厲害。」她點著頭。

「我是說妳很厲害。」

我說出了內心的真實感想。

「我才不厲害。」

她立刻否認。

練琴這件事會讓人「忍不住」想要去做嗎？我不會彈鋼琴，所以不瞭解實際情況，但如果會忍不住練琴，應該是一件很厲害的事。

「我喜歡練琴，能夠彈奏原本不會彈的曲子，就覺得很高興。我在家裡彈的時候，不管是家人還是鋼琴老師，都會稱讚我。」

和音淡淡地訴說著，聽起來不像在謙虛。和音一定覺得，雖然會得到家人和鋼琴老師的稱讚，但那又怎麼樣呢？我很認同她的想法，因為彈鋼琴並不是為了得到他人的稱讚。

「但是，每次正式表演時，就是由仁的天下。由仁彈得比我更好，雖然練習的時候，我彈得比她好。不過每次參加發表會或是小型的鋼琴比賽時，由仁都可以得到更多掌聲。」

我稍微能夠理解。由仁的琴聲容易理解，別人也容易被她的琴聲打動。

我突然想起比我小兩歲的弟弟。我們在家裡下將棋時，每次都是我贏，但去參加鎮上的比賽時，我都成為他手下敗將。在家玩的時候，他應該沒有放水，只是真的有人能夠在正式比賽時超常發揮，或是比賽運很強。

「妳在表演時會彈錯嗎？」

「不會。」和音毅然地挺起胸回答：「只是由仁會彈得比我出色，她有表演天分，能夠超常發揮，並且在關鍵時刻發揮力量，讓自己的演奏更能夠打動人心。」

「這樣很好啊，並不是妳在正式表演時無法發揮實力，所以讓原本不如妳的由仁得獎，對不對？妳徹底表現出了妳的實力，既然這樣，就沒什麼好計較了吧？」

和音睜大眼睛看著我，然後連續眨了好幾下。

「你說得對。」

她緩緩揚起嘴角，露出了微笑。

「我並不是在表演時就會彈得不好，所以根本不必為這件事煩惱。」

其實，我恨弟弟，也羨慕他能夠在緊要關頭出風頭，但是我假裝沒有發現。如果整天去想運氣好不好，或是天生的資質之類的事，就會迷失真正必須正視的事物。

「謝謝你，打擾你工作，真的很抱歉。」和音連續鞠了兩次躬，轉身離開。我只希望和音不會去羨慕由仁。因為，嫉妒他人，最痛苦的還是自己。

我正準備上樓梯回辦公室，剛從外面回來的柳哥追了上來。

「剛才的是小和吧？真難得啊。」

柳哥說話的聲音很愉快，可能是在路上遇到了準備回家的和音。

「柳哥，原來你能夠分辨她們誰是誰。」

柳哥拎著拉桿箱，納悶地偏著頭。

「外村，你在說什麼啊？」

「這也難怪，因為她們很小的時候，你就開始去她們家了。」

「外村，你以為我幾歲？雙胞胎小的時候，我的年紀也很小啊。」

「對不起。」

我比雙胞胎大三、四歲，柳哥應該比她們大十歲左右。柳哥開始去她們家調音時，不知道她們幾歲了。我正在想這件事，聽到柳哥說：

「制服不一樣啊。」

「啊？」

「即使分不出她們的長相，只要看制服，誰都能夠分辨。」

柳哥一臉很受不了的表情。

「你該不會沒有發現？」

「喔，喔喔，你這麼一說……」

柳哥開心地笑了起來。

聽柳哥這麼一說，我才想起她們的制服不一樣。忘了什麼時候，她們提到兩個人分別就讀不同高中的事，和音說，因為由仁的功課比較好，由仁笑著說，因為和音滿腦子只想著鋼琴的事。

「我們的成績差不多，我只有數學稍微好一點。做數學題目時，只要認真解出一題，下一題也就很容易解出來，但和音除了鋼琴以外，對其他事都不願意認真。」

同卵雙胞胎不僅長相相同，基因應該也完全一樣，不知道是什麼造成了些微的差異。擅不擅長數學，在哪一所高中認識怎樣的同學，這些差異應該會對她們的表情和動作產生影響，當然也會對琴藝產生影響。

「只要是雙胞胎的事，你就特別賣力，沒想到竟然沒有發現她們的制服不一樣，到底是怎麼回事啊？」

我並沒有為雙胞胎特別賣力，我只是喜歡她們彈的鋼琴。

「我很期待雙胞胎彈的鋼琴，不知道以後會變成什麼樣。」

我也一樣。我同樣相當期待雙胞胎彈的鋼琴。

我進公司邁入第二年。今年沒有新員工進公司，所以我還是墊底。因為樂器行並不大，不太可能有新員工，但得知真的不會有新員工進來時，我還是鬆了一口氣。因為如果新來的後輩比我更優秀，我不曉得該用什麼態度和他相處，更何況大部分新人調音師應該都比我優秀。

我還是需要花很長時間調音。正確地說，我能夠勉強調出準確的音程，卻無法進步。在決定音色這件最重要的事上陷入苦惱。

「閉上眼睛決定。」

柳哥向我提出忠告。我理解能力不強，只能反問他：

「就閉上眼睛亂調嗎？」

「不是不是，我說閉上眼睛，並不是自暴自棄的意思。」

他很親切地跟我解釋：

「比方說，廚師在嘗味道時，不是都很認真嗎？調整呼吸，閉上眼睛，才能一次就決定味道。調音師也一樣，如果無法一口氣決定，就會猶豫不決。」

閉上眼睛。柳哥看到我寫下這句話，慌忙訂正道：

「也有人不閉眼睛，我就不閉眼睛。」

「那誰會閉眼睛？」

「不知道，我只是說，閉上眼睛，豎起耳朵，然後決定音色。這算是一種比喻。」

我在筆記本上加了一個比喻的「比」字。柳哥說話經常使用很多比喻，既然閉上眼睛也是比喻，我到底該相信什麼？

「啊，我今天一整天都要跑學校。」

柳哥站了起來。他似乎要去為郡內各所學校的鋼琴調音。樂器行在這一帶的守備範圍很廣，開車單程兩個小時的範圍內有不少學校。因為距離遠，每次去的時候，也會順便為附近幼兒園和公民館的鋼琴調音。柳哥今天會很辛苦。

「我要去客戶家裡，我會閉上眼睛好好努力。」

「好，希望有一天，把學校全都交給你。」

我還沒有能力去學校，但希望有朝一日可以勝任。有朝一日，希望能夠為了在學校的音樂教室和體育館第一次邂逅鋼琴的孩子，讓所有學校的鋼琴都彈出悠揚的琴聲。

我每星期會有幾次去一般家庭的客戶家調音。但如果客戶家的鋼琴有好幾年沒有調音，或是鋼琴可能有問題，我還是會跟著柳哥在一旁觀摩。學習能力強的人，第二年就可以獨當一面的狀況，仍然輪不到我負責處理。我對前輩感到抱歉，但內心也鬆了一口氣。因為被沒有能力的調音師調過的鋼琴最可憐。

我正準備出門時，內線電話響了。

我接起電話，原來是北川小姐打來的。據說負責事務工作的北川小姐是「三十多歲」的「美女」，但在柳哥告訴我之前，我完全沒有注意到這件事。聽柳哥說了之後，覺得她應該算「美女」，只是年齡的問題，我就完全不清楚了。她的辦公桌就在辦公室門口，我抬頭，發現北川小姐拿著電話看我。

「一大早打電話來的渡邊先生說要取消預約，改成一個星期後的相同時段。」

「好的，那天沒問題。」

我掛上電話，在桌曆上做了記號。在今天上午的渡邊先生名字旁打了×，在下一行一個星期後的欄內，再度寫上渡邊先生的名字。桌曆上有好幾個×，客戶經常更改預約的日期。

「取消嗎？」

正準備出門的柳哥回頭問：

「今天早上的預約，剛才取消了？」

去一般家庭調音一次大約兩小時，全都採取預約制。雖然是每年的例行公事，而且一年也只調一次音，但客戶經常更改預約的時間，或是臨時取消。對客戶來說，外人來家裡工作兩小時可能是一種負擔。我並不是不能體會這種心情，但輕易更改預約時間，會覺得那個家庭對待鋼琴的態度很輕率，所以認為那些鋼琴很可憐。

只要有鋼琴就好，調音師調音的時候，客戶根本不需要一直陪在一旁，吸地、洗衣服等生活噪音不會對調音有任何影響。

「之前還有客戶認為，調音師在調音時不能下廚。」

「為什麼會覺得連下廚都不行？」

「好像是擔心氣味會影響聽覺。」

原來是這樣。也許真的曾經有過這種事。

「其實最好事先告訴客戶，在調音的時候，他們可以像平時一樣，盡可能減少客戶的壓力。不過，電話鈴聲會干擾頻率，的確有點傷腦筋。」

「另外，客戶來不及打掃家裡，也經常成為更改預約時間的理由之一。」

北川小姐起身走了過來。

「有沒有打掃根本沒差，希望他們不要隨便延期，對吧？」

調音師根本不在意客戶家裡很髒，不過，上個星期去的客戶家地上丟了太多東西，從鋼琴拆下的木板和零件全沒地方放。隨便丟在地上的大量衣物吸收了鋼琴的聲音，導致音質發生改變也讓我大吃一驚。

柳哥看到我不曉得該怎麼回答，笑著說：

「外村，你好像很愛乾淨。」

我們站著聊天時，板鳥先生拎著行李箱走了過去。

「取消了嗎？」

「對。」

板鳥先生一派輕鬆地問我：

「如果你沒事，要不要跟我來？」

我懷疑自己聽錯了。音樂廳。板鳥先生今天要去音樂廳調音！

「要！」

我興奮地回答。

「我馬上就可以出發。」

德國一位被譽為大師和魔術師的鋼琴家訪問日本，我知道板鳥先生是演奏會的調音師，要為明天的演奏會做準備。那位鋼琴家只在日本幾個地方舉行演奏會，我不曉得他為什麼會來這種北方的小城市表演，但很期待明天的演奏會，有生以來，第一次買了演奏會的門票，終於可以在現場聆聽用ＣＤ聽過無數次的音色。

我急忙做準備。應該不需要帶調音工具。但最好還是帶著。不，帶了也是累贅。不不不，空著手不太妙，還是應該帶上工具以防萬一。不不不，我只要為板鳥先生拿工具包就好，做筆記的筆記本和筆一定要帶。

我聽到坐在對面的秋野先生好像說了什麼。

「啊？」我問了一聲。

他仍然低著頭說：

「真是狗屎運啊。」

他並沒有露出不悅的表情，而是一臉平靜，用平時說話的聲音講出這句話。如果說他是發自內心向我道賀，我也會相信。

我剛進公司時，因為不常碰面的關係，所以他對我還算客氣。熟悉之後，有時候會脫口說出真心話。他口無遮攔也就罷了，但他的真心話往往一針見血，總讓我無言以對。

狗屎運。他並沒有說錯。雖然我只能為板鳥先生拿工具包，但能夠跟著板鳥先生去調音，我真的很高興。板鳥先生還主動開口問我要不要跟他一起去，我開心得簡直想跳起來。我的確是走了狗屎運。

我決定不放在心上。為這種事毀了自己的心情太不值得了。能夠跟著板鳥先生去調音，能夠見證為一流鋼琴家的演奏會調音，真是求之不得的大好機會。

我站了起來，在白板的預定欄內寫了音樂廳的名字。

「你去幹麼？能發揮什麼作用？」

秋野先生用我幾乎聽不到的聲音嘀咕著。無論去哪裡，都有不討人喜歡的人，說一些傷人的話。山上的村落裡也有這種人，讀高中時也有這種人；客戶中有這種人，辦公室內也有這種人，不必在意他們。雖然我努力這麼告訴自己，但他說的話完全正確。正因為他說得對，所以我必須回應他：

「五年後……」

說到這裡，我改了口：

「對不起，應該是十年後。我去學習，是為了十年後能夠開花結果。」

「還學習哩，還十年後哩。」

秋野先生用鼻子冷笑著說。

推開表演廳的大門，頓時覺得連氣壓都改變了。是森林。我宛如置身森林。一踏進廳中，就覺得雜音聽起來和外面不一樣，空氣的流動也不同。

向音樂廳的負責人打了招呼後，我從正面中央的門看觀眾席，因為我想感受從舞臺前方看到鋼琴的感覺。

「有道理，不要有任何成見，自己確認一下從觀眾席看到的鋼琴。」

板鳥先生點頭表示同意。

舞臺上沒有照明，站在觀眾席看放在舞臺角落的鋼琴，宛如一片風景，光是出現在那裡，就是一種美，卻絲毫不張揚，彷彿在那裡靜靜地沉睡。

「我從後臺繞去舞臺，可以讓外村從這裡去舞臺嗎？」

板鳥先生徵求負責人的同意。

悄然無聲的空氣、控制得宜的溼度和溫度。天花板上也貼了木板。聲波在這裡不知道會如何傳遞。我想像著這些事，一步一步走向前。走到舞臺前，目不轉睛地看著鋼琴，繞到舞臺側面，從側面的樓梯走上舞臺時，板鳥先生已經放好工具包，正打開琴蓋。

板鳥先生站在那裡，雙手彈了一組八度音。

原本是風景的鋼琴開始呼吸。

在調整每一個音之後，鋼琴終於坐起沉重的身體，伸展原本縮在一起的手腳，準備張開翅膀，為引吭高歌做準備。這和我以前看過的所有鋼琴都不一樣，感覺有點像巨大的獅子在狩獵前緩緩起身。

音樂廳的鋼琴是不一樣的生命。只能認為是不一樣的東西。發出的聲音和我以前在客戶家中看到的鋼琴完全不同。就好像早晨和夜晚，墨水和鉛筆般迥異。

我的手心開始冒汗。如今出現在眼前的鋼琴，和我以前看過的大相逕庭。把家裡的鋼琴調整到最佳狀態，和將音樂廳的鋼琴調整到完美狀態整個是兩回事。

我只能站在這裡。原本以為自己稍微親近了鋼琴，如今才發現竟然天差地遠。

板鳥先生敲響了琴鍵，豎起耳朵，再度敲響琴鍵。一個音、一個音，豎起耳朵瞭解每個音的性質，然後轉動調音鎚。

越來越逼近。但我不知道那是什麼。心跳加速。我只曉得有什麼巨大的東西正慢慢逼近。

和緩的山巒漸漸出現在眼前。那是在我出生、長大的家看到的景色。平時都不會注意到山的存在，並不會多看一眼，但是，在暴風雨過後的早晨，會突然鮮明地出現在眼前，然後驚覺，原本以為那只是山，但其實山上包含了許許多多的東西。有泥土，有樹木；有水流動，有草木生長；有動物出沒，有風吹拂。

原本模糊的景色忽地聚焦，似乎能夠看到長在山上的某棵樹，覆蓋樹木的綠葉，甚至可以看到它們隨風搖曳的樣子。

此刻也是如此。原本只是聲音，但經過板鳥先生重新調音之後，頓時增添了光澤，鮮明地伸展。噹啷、噹啷的單音開始奔跑，相互擁抱，交織成音色。原來鋼琴會發出這樣的樂音。樹葉變成了樹木，樹木形成了森林，進而長成一座山。我現在也可以看到那即將變成音色、變成音樂。

我迷路了，四處徘徊，尋找神明的身影，卻完全沒有發現自己迷了路。我分不清自己是在尋找神明，還是尋找徵兆，只知道自己在尋求這個聲音，甚至覺得只要有這個聲音，我就可以活下去。遙想起十年前，我在森林中感覺到自己是自由的。雖然身體無法獲得解放，但我仍然獲得了完全的自由。當時，樹木、樹葉、果實和泥土是我身處世界的神明。如今，我的神明是聲音。我在這個優美聲音的引導下邁步前進。

既然我能邊尋找徵兆邊前進，就代表我確知有神明。我不曾見過，也不知道祂在哪裡，但是，祂一定存在，所以我才能瞭解美好的事物。這種想法令我欣喜。光是欣喜不足以形容，那是獲得恩准，讓我得以身在此處的喜悅。既像是來到一片開闊的空間，又像是走進了狹小的巷子，兩種相反的情感在內心交錯。只要知道在那裡，目前身在何處根本無足輕重。那是種喜悅的預感，又同時是害怕被從那裡推落的可怕預感。原來這就是漸漸向我逼近的預感。

走出音樂廳時，天色已經暗了下來。板鳥先生也要回家休息，為明天演奏會正式登場做好充分的準備。明天等鋼琴家來到之後，要進行最終的調整和彩排，接著就是演奏會了。調音師在演奏會時也要在舞臺後方隨時待命，守護著鋼琴和鋼琴家，所以板鳥先生明天會從早忙到晚。

我們一起走向停車場。我完全想不到該說什麼，內心靜靜地興奮，同時也很冷靜。至少我還能夠開車。

坐上車子，繫好安全帶之後，我才終於有辦法開口：

「太棒了。」

板鳥先生轉頭看著我，面帶微笑地說：

「很高興聽到你這麼說。」

但是，離開停車場，在人行道前暫停後，我無法踩下油門。我不認為自己有朝一日也能像板鳥先生那樣。因為太遙不可及了。尋找神明是一項漫長的作業。

「板鳥先生，當初為什麼會錄用我？」

應該是老闆決定錄用我，板鳥先生並不是最後做決定的人，但我從他介紹就讀的專科學校一畢業，就能夠進入江藤樂器行工作，他在暗中應該幫了不少忙。

「先來先贏。」

「先來？」

「看誰先來應徵，這家公司一直都是這樣。」

「喔。」

我之前就猜想可能是這樣。先來先贏。果然是這樣。並不是因為我有實力，或是很有潛力而被錄用。

我緩緩鬆開踩著煞車的腳。

「不要放棄。」

車子駛出去後，板鳥先生淡淡地說。

雖然很想問他，不要放棄什麼，但我把話吞了下去，沒有問出口。我不會放棄，但是，我已經知道，並不是只要不放棄，就可以去任何地方。

板鳥先生沒有再說話。他坐在副駕駛座上，靜靜地看著前方。我也默默地開車。

我覺得自己放棄了很多東西。在山裡的偏僻村落出生、長大，家裡的經濟並不寬裕，往往無法得到城市的孩子理所當然承受的恩惠。雖然並沒有明確地覺得自己「放棄」了什麼，可的確和很多事擦身而過。

但我並沒有為此痛苦，錯失了一開始就不曾渴望的東西並不痛苦，無法得到近在眼前、自己非常渴望的東西才會難受。

只有一件事，讓我花了一點時間之後決定放棄。那就是繪畫。我對繪畫一竅不通。在山裡讀小學時，學校每年都會舉辦一次藝術鑑賞會，安排學生搭遊覽車去大城市的美術館參觀。如今我知道，去美術館成為學校大事這件事本身，就代表我們身處不得不放棄某些東西的環境。看了美術館展示的畫作，會覺得「好漂亮」、「好有趣」，但也僅此而已。除了漂亮以外，無法瞭解繪畫還有什麼優點。雖然老師要求我們找一幅自己喜歡的畫，可我覺得不應該是這麼一回事，不應該用色調柔和，或是喜歡一幅畫的整體感來欣賞繪畫作品。

不過，也許這樣並沒有什麼問題。只要覺得喜歡這幅畫，這樣就夠了；覺得這幅畫讓自己感覺很舒服，就夠了。不需要為難自己，覺得自己對繪畫一竅不通，所以不能用這種方式欣賞。但是，我放棄了。我不懂繪畫，不懂裝懂很無聊。

在我十七歲後，我知道這麼做——放棄——是對的。我在無意識中追求第一次觸摸鋼琴時，那種想要大聲吶喊的心情，我追求那種心動的感覺。

喜歡或是感覺舒服，這些內心無足輕重的基準，應該是隨著時間漸漸改變了。那一次，在高中體育館看到板鳥先生為鋼琴調音時，我立刻發覺，那就是自己想要的。雖然我想瞭解，但本身的能力可能有問題。會放任自己慢慢思考這種問題的事物根本不重要，那甚至不是自己想要的。用大道理說服自己接受不瞭解的東西，太莫名其妙了。

「我不會放棄。」

我無聲地嘀咕。沒有理由放棄，我已經清楚看到了自己需要和不需要的東西。

回到辦公室，秋野先生還在。

「情況怎麼樣？」

他若無其事地問，但我相信他不是挖苦，而是很好奇。

看板鳥先生調音後，有很多想法在我內心翻騰，但我沒有提這些。既然無論我說什麼，他都會有話要說，那只說最後的感想就好。

「能夠用那架鋼琴舉行演奏會，無論對鋼琴家，還是對觀眾而言，都是莫大的幸福。」

戴著眼鏡的秋野先生瞪大了一對眼珠子，然後興趣缺缺地「哼」了一聲。

「他在整音時做了哪些事？」

「我不太瞭解詳細的狀況。」

我據實以告。

「但是，我第一次看到藉由改變琴腳的方向，調整聲音傳播的方式。」

在讀專科學校時，曾經學過相關知識，改變琴腳下方的黃銅琴輪方向，可以改變鋼琴的重心。板鳥先生親自示範，讓我也能夠一眼就瞭解。在做伏地挺身時，當手臂張開的幅度超越肩膀，用力的方式就會改變，身體會承受更大的力量。對鋼琴來說，則是響板會承受更大的力量。板鳥先生用伏地挺身做為比喻，簡潔地向我說明，同時用後背頂起鋼琴的底板，改變了琴輪的方向。簡單的動作確實改變了聲音的傳遞方式。

「別自以為了不起。」

向來面無表情的秋野先生說這句話時，明顯帶著厭惡。

「你還真是身在福中不知福。板鳥先生調音的精髓並不在那裡，你到底在看什麼？不要因為在同一家樂器行，就一直依賴別人。板鳥先生也對你太好了，他不是毫無保留地全都秀給你看嗎？從另一個角度來說，這不是代表他根本看不起你嗎？」

「根本談不上看不看得起。」

我完全不是對手，也全然沒資格和板鳥先生比較，甚至無法成為他看不起的對象。我根本無法模仿板鳥先生調的音色。

「對我來說，未免太可惜了。」

「可惜什麼？」

如果是秋野先生，應該可以從中學到更多、更多。我和板鳥先生的距離太遙遠，要學的東西多如沙灘上的細沙，根本抓不到岩石。如果換成秋野先生在一旁觀摩板鳥先生調音，一定可以得到許多攀越岩石區的線索。

「秋野先生，有機會的話請去觀摩一下板鳥先生調音。」

秋野先生聽了我的話，露出一絲詫異的表情，然後立刻笑了起來。

「你真是一個走狗屎運的濫好人。」

說完之後，他又板著面孔說：

「我不是在稱讚你。」

翌日，我和柳哥一起出門調音時，和他聊起秋野先生的事。

「喔，他這個人……」

柳哥低頭笑了起來。

「不必在意他。」

柳哥拖著拉桿箱快步走著，臉上帶著微笑。看到柳哥臉上的表情，我就曉得他並不討厭秋野先生。

「一開始我也很氣憤。」

柳哥打開通往停車場的後門，伸出右手為跟在他身後的我按住了門。

「他說，坊間那些客戶，只要調成咚叮叮他們就會高興。」

「什麼？」我忍不住反問，柳哥露齒一笑。

「曾經有一段時間，受立體聲的影響，流行這種音色。重低音要能夠發出咚的回音，高音要叮叮噹噹。只要調成那樣，客戶就覺得很棒，所以很受歡迎。」

柳哥說這番話時可能帶著揶揄。調音的確會受到流行趨勢影響，而且也會不自覺地調出動聽的音色。

「我當時想，他在說什麼蠢話。」

柳哥走向停車場時一口氣說道：

「這根本是在輕視調音、輕視客戶。因為他沒有遇過好客戶，才會說那種話，反而覺得他很可憐。但是……」

柳哥像是突然想到了好主意，看了我一眼說：

「外村，你最好請秋野先生帶你跟他去調一次音。」

我發現柳哥的表情變得很凝重。

「咚叮叮只是說說而已。雖然他表面上是那種態度，嘴巴也很賤，但他做事沒話說。」

「是這樣嗎？」

柳哥點了點頭。

「雖然不曉得他自己有沒有意識到，但他對鋼琴絕不馬虎。即使心不甘、情不願，做出來的成果還是沒話說。他對鋼琴有愛，充滿了尊敬。不過，如果你問他，他一定不會承認。」

即使我拜託秋野先生，他也不會讓我跟，而我同樣不想跟他。無數的沙子從板鳥先生，從柳哥、從羊、從鋼琴向我湧來，我差一點被淹沒，但還是努力試圖抓住其中一顆。

我準時下班，前往音樂廳。

音樂廳的氣氛和昨天迴然不同。我很喜歡昨天宛如寂靜森林般的空間，今天萬頭攢動的景象，讓我聯想到枝葉茂盛、生機勃勃的夏季森林。

觀眾的年齡層偏高，看到有人盛裝出席，我有點畏縮，但想到這些人都喜歡鋼琴，心情終於放鬆下來。

「啊！」

一個熟悉的人影穿越大廳。秋野先生也來了。不知道他是沒看到我，還是假裝沒看到我。我同樣未上前與他打招呼，看著他從後方的門走進了表演廳。

我等了一下，走進表演廳。一邊走，一邊核對門票上的座位號碼，和椅背上的編號。

「外村！」

聽到有人叫我，我抬起了頭。

「原來你也來了。」

身穿深色西裝的老闆挑起雙眉，露出誇張的笑容。

「你的座位在哪裡？」

「應該就在附近。」

我的座位在表演廳後方的正中央。S席的票價太貴，我買不下手，但在A席中挑選了聲音應該比較均衡的座位。

「你該不會是第一次來這個音樂廳？」

「對。」我在回答時，看到秋野先生坐在右側牆邊的座位。老闆把臉湊到我耳邊，小聲地說：

「這個音樂廳，牆邊座位的音響效果最棒。」

「原來是這樣啊。」

真希望早一點得知這件事。不知老闆是否覺得我露出一臉遺憾的表情很可憐，他低頭看著自己手上的票。

「既然你第一次來聽音樂會，那坐在理想的座位聽比較好，要不要和我交換？」

「不，沒關係，謝謝老闆的好意。」

我鞠躬道謝，老闆露出鬆了一口氣的表情。

我終於找到座位坐了下來，悄悄轉頭一看，發現秋野先生坐在我前幾排的右側角落。我突然產生了疑問，為什麼秋野先生坐在面向舞臺的右側？如果喜歡那位鋼琴家，應該挑選面向舞臺左側的座位，才能夠清楚看到鋼琴家的手指、表情和身體的動作。我將視線移回舞臺，板鳥先生昨天調音的美麗黑色樂器出現在那裡。坐在秋野先生的座位，鋼琴家會被鋼琴擋住，他幾乎看不到演奏者的身影。

我腦海中隱約浮現了答案。他可能覺得不需要看鋼琴家，或是認為看不到鋼琴家反而更好，所以特地挑選這個座位。他想要專心聽樂聲。根據鋼琴頂蓋的方向，可以判斷聲音會向右側擴散。我很懊惱自己沒有仔細想，就挑選了中間的座位。

表演廳的燈光暗了下來，鋼琴家很快出現在舞臺上。銀髮男子比我聽CD時想像的更加魁梧。掌聲平靜之後，他在鋼琴前坐了下來。瞬間的寂靜後，鋼琴發出了琴聲。

座位的事立刻被拋在腦後。鋼琴、音色、音樂都太美了。那是壓倒性的美，甚至不知道到底哪裡美，只知舞臺上的黑色森林洋溢著無數的美，瀰漫在整座表演廳。

我努力試圖聽出板鳥先生調出的音色，但根本無法如願。如果聲音有顏色，那應該接近無色，鋼琴家隨心所欲地變化琴聲的色彩和形狀，傳遞給觀眾。觀眾只是坐在那裡聆聽，就能夠感受到和音樂融為一體、成為音樂一部分的激昂。

如果我事先不知情，根本不會想到那是板鳥先生調的音色，但是我明白，這才是理想的音色，是為鋼琴家而調的樂音，是最能夠襯托鋼琴家琴藝的音色。任何人都不會想到是調琴師的能耐。這樣很好。即使觀眾會稱讚鋼琴家，但其實也不是鋼琴家的功勞，而是音樂的功勞。

演奏會結束，我有一點沉醉，又感到幸福。我站了起來，加入湧出表演廳的人潮，遇到了老闆。

「你第一次聽音樂會，感覺怎麼樣？」

「太棒了。」

我來不及思考其他更恰如其分的話，簡潔地回答。

「鋼琴太美妙了。」

「是嗎？」

老闆滿臉笑容。

「喜歡鋼琴、喜歡音樂是一切的基本。」

任何人聽了今天的音樂，都不可能不愛上音樂。

「不過，板鳥有點被鋼琴寵愛過頭了。」

老闆沿著通道和緩的階梯往上走，來到了大廳。我跟在老闆身後。

「大師整天叫著板鳥、板鳥，在公演期間，板鳥應該完全沒時間休息。」

「啊？板鳥先生和今天的鋼琴家那麼熟嗎？」

「你不知道嗎？」

老闆再度誇張地挑起兩道眉毛。

「他每次來日本時，必定指名板鳥為他調音。好像是板鳥以前在國外學習時，被那位鋼琴家相中，他還跟著對方去歐洲巡迴表演，可惜板鳥怕搭飛機，回國之後，也堅持不搭船或飛機，所以只在這個偏僻的小城市等待鋼琴家來這裡表演。」

「這不是很可惜嗎？」

我脫口說道。

「比起在這個小城鎮，在更大的城市，讓更多人有機會聽到，不是更能夠展現板鳥先生的技術嗎？」

「你真這麼認為嗎？」

老闆走在大廳，笑著說：

「真意外啊，沒想到你會有這種想法。板鳥去了大城市後，對他有什麼好處呢？對我們，對這個城市的人來說，板鳥在這裡，不是天大的造化嗎？當然，對你來說也一樣。」

說完，他瞥了我一眼，但他的眼神沒有笑意。

「這裡有美妙的音樂，即使是這個偏僻小鄉鎮的人，也能夠欣賞這麼美妙的音樂。我甚至覺得，大城市的人可以搭飛機來這裡聽板鳥的鋼琴。」

老闆說得對。沒想到我平時的想法，竟然以完全相反的方式呈現出來。山裡和城市、都市和鄉村，大和小，我漸漸被這種和價值毫無關係的基準束縛了。

我要在這裡努力。我必須為這件事感到驕傲。

「因為今天的演奏會實在太棒了，我希望更多人能夠聽到。」

我小聲辯解。

「我知道。」

老闆點了點頭，臉上恢復了笑容。

小心翼翼地轉動調音鎚。零點一公釐、零點二公釐，甚至更細微。

如果只是調整音程，我的速度已經大有進步。之前在讀專科學校時，每次以為自己調好了音，卻被老師一一否決。老師會在沒有過關的琴鍵上用粉筆打×，×、×、×、×、×、×，一整排都是×，每一個音都調不準。反覆訓練了兩年，×的數量慢慢減少，最後總算能夠在規定的時間內消除所有的×，好不容易站上起跑點。

任何人都能夠透過訓練調出正確的音。學校一再教導我們，這不是靠才華，而是需要努力。無論會不會彈鋼琴、有沒有熱情、聽力好壞，只要接受訓練，任何人都能夠站在起跑點上。

聽到「嗶」的起跑聲後開始奔跑，如今，我離起跑點有多遠？

「聲音好像變得很鮮明，謝謝你。」

聽到客戶的道謝，我鞠躬表示感謝。

離開客戶家之後，我盡可能地馬上回到停好的車子上，記下當天的工作心得。在怎樣的狀況下如何調音，客戶希望怎樣的音色。

同時，也記下客戶覺得「聲音好像變得很鮮明」的感想。「鮮明」這個單字很重要，即使客戶無法用明確的字眼說明自己想要怎樣的音色，有時候也可以從客戶不經意說的話中瞭解。今天的客戶一定想要鮮明的音色。有時候客戶即使沒有清楚的意識，聽到調好的鋼琴聲，便會覺得很不錯。我覺得自己已經蒐集了類似的證據，或者說，能夠到達這個境界的線索。

有人喜歡柔軟的音色，也有人喜歡銳利、尖利的音色。如果客戶能夠明確表達，就盡可能符合客戶的需求進行調音。但是，大部分時候，客戶自己也不太清楚，必須根據為數不多的線索，相互摸索，尋找客戶想要的音色。

「我無法彈出充滿動感的樂音。」

客戶為這件事而煩惱，我為客戶的鋼琴調音後，看到客戶滿意，當然很高興，但聽到客戶對我說的感想時，忍不住感到困惑。

「多虧了你，琴音變得圓潤了。」

聲音可以同時充滿動感和圓潤嗎？圓潤的聲音代表平靜，不是反而離動感更遠了嗎？客戶沒有察覺我的困惑，繼續說道：

「原本平淡的樂音變得圓潤了。」

聽到這句話，我恍然大悟。應該是鬆弛的琴聲變得像水滴一樣飽滿的意思。在透過語言相互理解時，覺得好像有一道光照了進來。雖然最理想的狀況，是透過鋼琴的音色相互理解。

客戶經常要求調出明亮的音色。

起初我對這件事並沒有想太多，只覺得應該很少人希望音色很暗沉。但現在不一樣了，因為我已經明瞭，即使同樣是「明亮」兩個字，其中也包含了各種意思。

La的音是鋼琴的基準音，學校的鋼琴規定是四百四十赫茲。據說全世界的嬰兒第一次哭聲都是四百四十赫茲，赫茲是每秒空氣震動的次數，數值越高，音也越高。日本在戰後之前，都是四百三十五赫茲。回溯歷史，據說莫札特時代的歐洲定為四百二十二赫茲，之後越來越高，目前大部分都是四百四十二赫茲。最近，成為交響樂團基準音的雙簧管La音漸漸變成了四百四十赫茲，以此為標準進行調音的鋼琴，音高也會越來越高。和莫札特作曲的時代相比，高了近半音，已經不再是相同的La音了。

照理說，基準音不應該改變，如今卻隨著時代的變遷漸漸升高，是不是代表大家都在追求明亮的音色？正因為原本缺乏，才會特地追求。

「基準音越來越高，感覺現代人越來越焦慮。」

我們在樂器行附近的便當店等海苔鮭魚便當時，柳哥從口袋裡掏出零錢，在手心上數著。

「所以至少希望音色明亮一些。以我這幾年的觀察，家庭用鋼琴也從四百四十變成了四百四十二，如果有人具備了絕對音感，可以分辨兩赫茲單位的差異，應該會覺得很不舒服。」

「以後會越來越高嗎？」

「應該會吧。」

柳哥好像開玩笑般說完後，突然看著我說：

「秋野先生之前說，如果已經調整到最明亮的音色，客戶還要求更明亮、再明亮，不如傳授客戶彈鋼琴的方法更能夠解決問題。」

「什麼意思？」

「他的意思是，想要彈出明亮的音色，不能只依靠調音。喔，謝謝。」

兩個便當好了，柳哥隔著吧檯笑著接過便當，走出便當店。

春光明媚，徐徐微風帶來淡淡的綠意。

「只要用力彈琴鍵，音色聽起來就會比較明亮。把體重壓在手指上，琴聲變得響亮，聽起來就比較明朗。關鍵不是調音，而是演奏的技術。」

我完全瞭解柳哥說的話。即使客戶想要彈出明亮的音色，要求將琴鍵調得更輕，但問題是已經沒辦法調得更輕了。如果客戶無法意識到不是琴鍵的問題，而是自己的手指無力，那無論怎麼調，都彈不出明亮的音色。

「調整椅子的高度，音色也會改變。」

我說。

「對啊。」

柳哥立刻點頭同意。嚴格地說，這並不屬於調音工作的範圍，但根據彈琴人調整鋼琴椅的高度，琴鍵彈起來就會感覺比較輕、音色比較明亮。椅子最適當的高度不僅要配合彈琴人的身高，還會因為彈奏時身體的運用方式、手肘和手腕的角度發生改變。

「看音樂會的錄影帶時，注意到交響樂團前有兩架鋼琴聯彈的畫面。我覺得哪裡不太對勁，後來發現是兩架鋼琴前的椅子高度不一樣，但兩位鋼琴家的身高差不多。」

柳哥默默點了點頭。

「我仔細觀察後，發現兩位鋼琴家手腕彎曲的角度，或者說，手肘伸展的方式不一樣，那麼力量傳到手指的方式應該也不相同。我不會彈鋼琴，以前完全沒有注意到這些問題。雖然我能向客戶提供的建議不多，但去調音時，都會請客戶坐在椅子上彈琴，再調整椅子的高度。光是這樣，音色聽起來就明亮許多。」

「的確是這樣，椅子經常會太高或太低，但當事人往往沒有察覺。」

有時候是椅子太靠近鋼琴，或是離鋼琴太遠。調整椅子，就能讓音色變得明亮。

「但是……」

關鍵就在這個「但是」。無論再怎麼費心調整，使出渾身解數，客戶都不會因此高興，大部分的人沒有任何反應。

「有時會搞不清楚客戶到底想要什麼。」

「對，的確有這種情況。」

柳哥一派輕鬆地回答。

「不過，我們尋求的也許是四百四十赫茲，但客戶要求的並不是四百四十赫茲，而是完美的La。」

有道理。柳哥說得對。

我拎著裝了兩個便當的白色塑膠袋走在路上。

「我覺得能夠用四百四十赫茲來表示，是一件很棒的事。雖然每架鋼琴都不同，卻好像可以靠琴聲連結在一起，用頻率相互溝通。」

說到最後，我有點害羞。我很訝異自己竟然會說這種話。

我們在停車場旁樹叢周圍的石磚上坐了下來。漫長的冬季終於結束，天氣晴朗的日子，我們有時會坐在這裡吃便當。雖然還有點冷，但因為長時間在空氣不流通的室內為鋼琴進行一些細膩的調整，所以趁著好天氣，和別人一邊聊天，一邊吃午餐也很重要。

我偶爾會想起秋野先生宣稱只要調成咚叮叮就好這件事。有時全力以赴地為客戶整音，客戶仍然不滿意；有時只是敷衍了事，卻受到稱讚，客戶感激不盡。經常遇到這種事，的確會感到空虛。對客戶來說，調音師有沒有盡最大的努力根本無關緊要，只要能夠製造出好的音色，這就是唯一的使命。如果客戶認為所謂的咚叮叮是好音色，為客戶提供這種音色也沒什麼不對。

「但是，會不會……」

我又想起想過很多次的事。

「怎麼了？」

柳哥掰開免洗筷，好奇地看著我。我好像不自覺地說了出來。

「不，沒事。」

但是，這樣會不會……但是，這樣會不會摧毀了可能性呢？摧毀邂逅真正美妙的音色、打動心靈的樂音的可能性，就好像我在高中體育館的經歷。

並不是每個調音師都有辦法提供那樣的音色，我就還差了十萬八千里。但是，如果不以此為目標，就永遠不可能達到那個目標。

氣溫突然上升了，走在戶外，心情就很愉快。雖然我很少在假日出門，但遇到這種天氣，就很慶幸自己有出門，慶幸自己和人有約。

目前這個季節，白樺樹會一口氣長出嫩葉。我走在路上，想起山裡的小村落，想起我離家之後，弟弟留在家裡的那年春天。村落裡只有一所小學和一所中學，提供村民接受義務教育。因為沒有高中，十五歲那年就要離開村莊——也就是下山、離開家裡——從這個角度來說，我們兄弟兩人是平等的。但因為我們相差兩歲，所以弟弟會比我晚兩年離開。雖然只是這麼簡單的事，不知道為什麼，我總覺得自己很吃虧，認為弟弟在家裡住得更久。在我懂事的時候，家裡就已經有了弟弟，我們在家住的時間一樣。我提早兩年離家，弟弟當然比我在家裡多住了兩年。

我從來沒有把這個假設說出口，因為我覺得很愚蠢。但是，無論怎麼想，都覺得弟弟比我更適合留在家裡。如今走在街上，也感到那種想法沒有錯。在家的時候，我無論在哪個角落，都無法安心自在，尤其當弟弟笑著和母親、祖母說話時，我總會忍不住從後門溜出去，走進後門外的那片樹林。在樹林中漫無目的地徘徊，嗅聞綠意濃烈的氣味，聽著樹葉沙沙的聲響，心情才終於可以平靜。不知道自己該去哪兒，無論在何處，都無法平靜的那種格格不入感，漸漸被踩在泥土和雜草上的觸感，從樹木高處傳來的鳥啼聲，和遠處野獸的聲音掩蓋而消失。只有獨自走路的時候，覺得自己得到了寬恕。

我在鋼琴中找到的，正是這樣的感覺。得到了救贖、和世界協調，這件事多麼美妙，因為無法用言語順利表達，所以希望能夠透過樂聲傳達，也許我期盼能用鋼琴重現那片森林。

我在人行道旁找到了那塊小招牌，沿著狹窄的樓梯下了樓。在地下室昏暗的禮堂入口，遞上了只是用黑色墨水印在色紙上做成的門票。

「進去之後，就隨意找個地方等我一下。」

柳哥昨天給我門票時，這麼對我說。「隨意」的分寸很難掌握。門票上寫著附一杯飲料，於是我先去拿飲料。大部分聽眾都是比我年紀稍長幾歲，看起來很開朗活潑的人。之所以用開朗活潑來形容，是因為他們有的染了一頭金髮，有的染成紅色，有的頭髮豎了起來，看起來都是很前衛的人。他們和我身為人類的「濃度」顯然不同，我覺得混進去會很對不起他們，所以沒靠過去。

我喝著裝在紙杯裡的薑汁汽水，看著海報上樂團的名字。海報上的七個樂團我都沒聽過，不知道柳哥想要看哪個團的表演。

薑汁汽水太甜了，我剩下了一半，卻不知要把杯子裡的液體倒去哪裡，只好又拿回吧檯。吧檯的女人上下打量我。我完全不懂這種地方的規矩。

我從敞開的門走進了昏暗的表演廳。觀眾都聚集在舞臺前，昏暗的燈光打在舞臺上，有幾個麥克風架，還有擴音器和喇叭，後方有一組鼓。有兩臺電子琴，但沒有鋼琴。

工作人員宣布表演即將開始，原本在大廳的人一起湧入表演廳。一陣推擠後，我很快被推到了前面。柳哥還沒有出現。

表演廳內輕聲播放的音樂戛然停止，響起一陣歡呼。高聲尖叫和粗獷的吼聲各占一半。人這麼多，柳哥即使來了，我也找不到他。後方的人再度推擠，前方的人又推了回來。舞臺上的燈光亮起，歡呼聲更加響亮。樂團成員從臺旁走上臺，其中一人把吉他抱在腋下，另一個人高舉鼓棒，還有另一個人——我的目光移回剛才那個人身上。高舉鼓棒出現的那個人我認識。我見過他。他是誰？好像很熟悉，又好像不太熟。

「啊！」

短促的驚呼聲被響徹整個空間的歡呼聲、吉他聲，和柳哥開始敲響的鼓聲淹沒了。

直接在腰骨上產生共鳴的正確節奏、好像會把整個人頂起來的貝斯、奔跑的吉他、閃亮的主唱。感覺幾乎麻痺了。旁邊的人蹦跳著，歡呼著，高唱著，大叫著，盡情地隨著音樂舞動。主唱的一舉手一投足皆讓整個會場沸騰。不知道柳哥是否看到了觀眾席的狀況，他看起來很開心，汗水四濺。

音樂太大聲了，幾乎難以判斷歌好不好聽和音質好壞。可這種事大概也無關緊要，在這種地方感受的魅力與此無關。舞臺上的柳哥很耀眼。

樂團演奏完四首曲子後，在掌聲和歡呼聲中走下舞臺。會場內的燈光亮了起來，場內的緊張暫時放鬆。我趁這個機會撥開人群，朝大廳走去。

我太驚訝了。原來柳哥在玩樂團，而且是鼓手。為什麼偏偏當鼓手？我最先想到的是，當鼓手不是對耳朵不好嗎？他們演唱結束之後，我的耳朵仍然嗡嗡作響。

外村？

我好像聽到有人叫我。一定是幻聽。我有一種錯覺，好像有很多人在對我說話，語聲或近或遠的響著。在這種展演空間，要注意這種轟炸般的巨大音量。

外村？

再度出現幻聽。剛才用耳過度了。柳哥會來這裡嗎？會不會和樂團的成員一起去慶功？

「你是外村吧？」

有人在我耳邊叫著我的名字。回頭一看，是一個陌生女子。她一頭短髮，脖子細長，長得很漂亮。

「啊，我就知道是你。」

她嫣然一笑。

「敝姓濱野。是阿柳……多年的朋友。他說你會來這裡，所以叫我來這裡等。我一眼就認出你了，你和他形容的完全一樣。」

他是怎麼形容我的？我忍不住想了一下，但無力招架她燦爛的笑容。

「喔，妳好，很高興認識妳。」

「我也很高興認識你。」

我們相互鞠躬。她叫柳哥「阿柳」，那聲音很輕盈，聽起來像另一個人的名字。我有一種預感，柳哥和阿柳可能是不同的人。

「柳哥的鼓打得真好。」

我戰戰兢兢地說，有點擔心我說的是另一個柳哥。

「是不是分毫不差？簡直就像節拍器。」

我點了點頭。

「分毫不差，又充滿動感，他看起來很樂在其中。」

「對，真的很棒，他樂在其中。」

濱野小姐瞇著眼睛，點了一支菸。

「阿柳很喜歡節拍器。」

她嘿嘿笑了起來。

「如果被他知道我告訴你這件事，他可能會生氣。」

說完，她吐了一口煙。

「我和阿柳從小一起長大，已經有二十多年交情了，我們對彼此無所不知。」

和這麼漂亮的人彼此無所不知，不是很美妙嗎？即使不需要像她這麼漂亮，我也想不到任何人能和我彼此相知。

她拿著香菸的左手無名指上，有一個銀色的戒指微微發光。這就是柳哥之前送她的戒指嗎？骷髏的裝飾很酷。

「外村，請你多照顧阿柳。」

「啊？不敢當，都是他照顧我。」

我誠惶誠恐地道，濱野小姐抿起漂亮的嘴脣說：

「別看他那樣，其實他很敏感。」

「是嗎？」

「他受不了公用電話。」

我沒有聽清楚她說什麼。剛才的音量太大，耳朵深處好像被塞子塞住了。我可能露出了很蠢的表情，濱野小姐向我說明：

「公用電話，不是故意設計成那種很不自然的顏色嗎？他受不了那種黃綠色，說他無法諒解。」

我聽不清楚，更聽不懂她說的話。「無法諒解」這幾個字飄浮在半空。

「請問，無法諒解黃綠色是什麼意思？」

濱野小姐按熄了香菸。她的指甲很有光澤。

「只要走在街上，看到公用電話，他就會渾身不舒服，有點神經過敏。阿柳的眼睛會看到很多不該看的東西，但不是指幽靈之類的，應該說，他會看到不想看的東西。比方說，他也痛恨花稍的招牌，說是世界的敵人。」

濱野小姐說完，探頭看著我的眼睛，確認我有沒有聽懂她的話。

「他無法原諒電話或是招牌的時候，都怎麼辦？」

「這種時候，他就會掉頭回家睡覺。」

回家睡覺。在別人眼中，一定覺得他很任性。但是，面對無法原諒的事物時，這種反應很平靜。

「你會不會覺得他這樣難以生存？我也一度以為，他可能會整天躲在家裡不出門。」

幸好沒有發生這種狀況。這代表他已經戰勝了有太多無法原諒事物的這個世界嗎？不知是什麼拯救了柳哥，是眼前這位濱野小姐嗎？

「還有，他走在路上時，會突然覺得地上很骯髒。」

「但其實地上很乾淨嗎？」

我有點聽不懂，所以問她。

「是指腳下走的路，也就是這個世界，或者說是人生，在他眼中，很是骯髒。」

聽起來好像在開玩笑。我無法想像阿柳和柳哥是同一個人。

「你不覺得這樣很沒禮貌嗎？簡直就像在暗指我這種若無其事地走在路上的人神經很大條。」

「我認識的柳哥很親切，很能幹，沒有妳說的這麼敏感。」

我委婉地表示內心的感想。

「是啊，他在成為親切、能幹的人之前很辛苦。原本就神經過敏，再加上青春期會把各種情緒和感覺都放大。那時候，他無論看到什麼，都會覺得不舒服，抱著頭想要嘔吐，拚命尋找避風港。但是，這個世界上沒有任何使人安心的安全場所，沒有一個乾淨、不會擾亂他心情的地方，所以逃回家裡，躲進被子睡覺似乎是最好的方法。無法回家的時候，就只能閉上眼睛、捂住耳朵，蹲在地上。因為他說想要我慢慢撫摸他的背，所以我不知道撫摸了多少次。」

難以想像那是我認識的柳哥。

「節拍器救了他。」

濱野小姐說話的口吻好像在開玩笑。

「你應該知道節拍器吧？那種上發條的機械式節拍器。他發現只要聽到節拍器的聲音，心情就可以平靜下來。他真的說那是他的重大發現，說即使我不在他身旁，只要有節拍器就沒問題。然後整天轉動發條，滴答滴答滴答響個不停。和他在一起的時候，我聽到都快發瘋了。」

節拍器。我覺得好像終於發現了柳哥。濱野小姐說的話順利進入我的身體，讓我內心的柳哥身體大了一圈。

緊抓住某樣東西，把它當成拐杖站起來。那是為世界建立秩序的東西，只要有了那樣東西，就可以活下去；如果沒有那樣東西，就無法生存。

「我多少能夠瞭解。」

我說。我在高中的體育館，聽到板鳥先生彈的鋼琴時，覺得只要有了它，我就可以活下去。

「嗯。」濱野小姐點了點頭，用吸管撈起浮在紙杯裡冰紅茶上的小冰塊放進嘴裡，嘎哩嘎哩地咬了起來。

「接著，他又發現……」

她津津有味地說到一半時，柳哥出現了。

「喔，外村。」

柳哥滿臉通紅地走了過來。

「怎麼樣？開心嗎？」

「你真快啊，我還以為你不會這麼快。」

濱野小姐小聲地說，用吸管攪動冰紅茶。

「幹麼？我怕你們等太久不好意思，所以急著趕過來。」

「柳哥，你的鼓打得太棒了。」

「喔，謝啦。等一下一起去吃飯？」

雖然他很理所當然地邀請我，但我拒絕了。

「啊？你不去嗎？」

濱野小姐露出驚訝的表情，急忙對我說：

「我們還沒聊完，精彩的在後面呢。」

「什麼什麼？你剛才在聊什麼？」

柳哥問。

「關於重大發現的事。」

我回答。

「嘿嘿……」濱野小姐笑了起來：「那下次再聊。」

「好，下次再聊。」

我向他們欠身道別，從地下禮堂走上通往地面的階梯。

在柳哥找到重大發現之前，濱野小姐已在他身旁，她原本就在柳哥的世界裡，所以柳哥才能放心去尋找下一個重大發現。

我大致可以猜到節拍器之後的重大發現是什麼。只要有那樣東西，心情就可以平靜，即使沒有濱野小姐撫摸他的後背，他也能夠撐下去。是音叉？還是打鼓？也許是鋼琴？只要有了那樣東西，即使世界再骯髒，也可以尋找自己的路。那不是逃離骯髒世界的工具，而是前進的力量。在幾次重大發現後，阿柳變成了柳哥。為鋼琴調音，製造音色，向這個世界傳送音色。我相信是這種想法讓柳哥重新站起來向前走。

柳哥寬恕了這個看起來骯髒的世界了嗎？還是得到了世界的寬恕？

從地下室回到地面時，陽光很刺眼。天空晴朗，多麼舒服的四月天。

下雪的日子很溫暖。這是所有北海道人共同的感覺。真正寒冷的日子不會下雪。天空萬里無雲，藍得很刺眼。但是，那僅限於寒冬季節，五月的雪真的很冷。

不合時節的一場雪，讓整條街道都變得有點喧鬧。

「已經五月中旬了，竟然還下雪。」

柳哥咬牙切齒地抬頭看向天空。

「這種奇怪的天氣，開花的節奏也會被打亂吧？」

漸漸鼓起的櫻花花蕾上，積了薄薄的一層雪。

「真希望它們會開花。」

城市和山上的氣候也不一樣。在山上，這個季節下雪並不稀奇。在五月連假之後，山上仍會積雪，等到那些積雪融化，春天才終於來臨。還會下雪，還會繼續下雪。帶著這種警戒之心撐過三月、捱過四月，終於進入五月。櫻花要等到最後的冰雪融化，與天氣變溫暖的時機吻合時，才會盛開。櫻花內建了時間表，當節氣和氣溫不合時，似乎就會決定不開花。

「無法賞花問題還不大，鋼琴的問題可就大了。好不容易調好了音，又被這場雪破壞。」

經常彈奏的鋼琴每半年要調一次音，普通家庭只要一年一次。基本上，每年都在相同的時間調音。因為在相同的時期調音，可以瞭解鋼琴在一定條件下的狀態。溫度、溼度和氣壓不同時，鋼琴的狀態也會發生很大的改變。

今天，我和柳哥一起去調音。正確地說，是重新調音。原本心情就很沉重，沒想到還下起了雪。

「阿柳，你調的音果然很棒。」

客戶流暢地試彈之後，心情愉悅地說。他姓上條，在酒吧彈鋼琴。

「你能夠完美地回應我的要求，不，已經超越了我的要求，甚至完成了我沒有要求的事，能不能請你每天都來？」

他摸著下巴的鬍子，嘴角露出笑容。

柳哥微微低頭說了聲謝謝。

「我這陣子偶爾會沒什麼精神，這種時候，想請你幫我把琴鍵調輕一點。不不不，沒有精神的時候，可能把音色調得沉重點反而比較好。如果調出『今天的上條』的音色，客人應該會很高興。」

他得意洋洋地說這些話，不光是因為心情愉悅，更是為了讓我難堪。

一個月前，由我取代柳哥負責這位客戶，為他的鋼琴調音。我不是很瞭解詳情，只知他似乎是職業鋼琴師，但他的鋼琴幾乎沒有彈奏的痕跡，也沒在保養。在我調音的時候，他根本沒有靠近鋼琴，當然也沒有提出任何要求。

上個星期，他打電話客訴，說是不是因為換了調音師，所以鋼琴的音色缺乏伸展性。因為距離上次調音已經一個月，超過了免費重新調音的期限，但他仍然堅持請別的調音師上門重新調音。

我在一旁看柳哥重新調音。雖然柳哥叫我不必來，但我想親眼看清楚。柳哥的俐落一如往常。看著他動作敏捷地逐一調音的樣子，能夠體會客戶覺得交給他就很安心的心情，同時也能夠體會客戶對我的不安。即使使用相同的方式調音，製造出相同的音色，客戶的滿足度應該也不一樣。

「你聽過 improvisation 嗎？」

上條先生只對著柳哥說話。

「你是說即興表演嗎？」

上條先生露出誇張的笑容。

「在店裡的時候，客人經常要求我即興表演，那當然很難啊，因為店裡客人的要求都很高，但這種你來我往的應對才刺激。」

「是。」柳哥附和。

「我想要表達的意思，你應該瞭解吧，即興表演很重要。我希望你能夠讀取我的意圖，製造出符合我目前心情的音色。」

「我們努力回應客戶的要求。」

上條先生似乎不滿意柳哥冥頑不靈的回答，收起了臉上的笑容。

「但是，他不是學徒嗎？為什麼派他來？我畢竟是靠鋼琴吃飯的，也一直很照顧你們樂器行，難道你們看不起我嗎？」

上條先生沒有看低頭站在那裡的我，加強了語氣說道：

「外村不是學徒，他是我們正式的調音技術士。」

「但他技術很差。」

上條語氣堅定地說。

「不，外村雖然年輕，但技術沒問題。」

即使柳哥一再堅持，上條先生仍然抱著雙臂，不停地搖頭。

只隔了一個月就要求重新調音，柳哥仍毫不猶豫地再次向對方收取了規定的調音費用。上條先生可能不會再找我們樂器行調音了。

「如果有專屬的調音師每天調整鋼琴，鋼琴師應該彈得很順手吧。」

在紛飛的雪中走向停車場時，我對柳哥說。在開口的時候，隱約感覺到這句話中似乎隱藏了像是路標之類的東西。

「如果是音樂廳，或許有必要。」

柳哥冷冷地說。他的心情不太好。

「根據每天的心情調整音色恐怕不太好吧，鋼琴並不是這種樂器。」

也許吧，鋼琴並不是只靠鋼琴師一個人，就可以決定音色，每架鋼琴都有個性，鋼琴師也有個性，只有當兩者的個性順利結合時，才能決定鋼琴的音色，很希望鋼琴師在彈奏時，相信和鋼琴之間的這種協調。

「比方說，有一家好吃的餐廳。」

又來了。我不由得緊張起來。柳哥說話果然使用很多比喻，而且和食物相關的比喻特別多。

「如果餐廳能夠提供符合當天客人身體狀況和心情的菜色，當然很棒啊，不過，要是相信那家餐廳，就不會要求餐廳在不同的日子，配合自己的身體狀況改變調味。啊，外村，你會這麼要求嗎？」

「我不會。」

「對不對？不都是客人配合餐廳的餐點嗎？客人也必須有要去吃好吃餐點的堅定氣魄之類的。」

我默默點了點頭。我非常瞭解柳哥想要表達的意思，但這是因為柳哥很有自信，才有資格這麼說。調音師無論怎麼調整音色，都必須由鋼琴師負起最後的責任，所以，我也能夠理解上條先生說的話。

「話說回來，餐廳必須讓客人吃第一口時，就覺得好吃。」

「對。」

真正廚藝高強的廚師不光會在第一口下工夫，更會絞盡腦汁讓客人吃到最後一口，都覺得美味無比。鋼琴的音色也一樣。很希望客戶在彈第一個音時，就為之驚豔，但同時必須讓客戶彈完最後一個音，都感到很舒服。

這是高難度的要求。第一口就讓客人喜歡的味道、音色，和直到最後都能夠讓客人覺得美味的味道、音色。做人的話，彼此認識一段時間後，漸漸變得熟悉，只要讓人覺得這傢伙還不錯，這樣就夠了，但調音的人如果是這種個性不鮮明的人，編織出的音色怎麼可能一開始就打動對方的心？

柳哥咬著嘴脣看向我：

「你不要氣餒。」

他拍了拍我的肩膀。

「你完全沒有錯。」

「謝謝。」

讓柳哥擔心，我感到很抱歉。但如果我真的沒有錯，客戶為什麼會客訴，甚至斷言我技術很差？

「客戶只是心情不好，找麻煩，這種事常遇到，認真就輸了。」

柳哥似乎覺得這番話仍然不足以安慰我，望著雨傘外的白色天空走了幾步。

「你的努力不會白費。」

他說話的時候，沒有轉頭看我。

「……啊？」

我忍不住反問，柳哥似乎也很驚訝，小聲地「啊？」了一聲。我們停下腳步，互看對方。

「我從來沒有想過是不是白費這種事。」

我說出了內心話。柳哥「呵呵呵」地笑了起來。

「外村，我真羨慕你啊。是喔，原來你不覺得是在做白工。」

柳哥「呵呵呵」的笑聲漸漸變成了「哈哈哈」，他把手放在車門上：「啊哈哈哈哈」地大笑起來，然後納悶地問：

「你也不會後悔或是反省，覺得自己白費了心力嗎？也就是說，你腦袋裡根本沒有徒勞的概念嗎？」

「不，我知道這個字眼。」

我慌忙回答。

「那當然。」

「我不是很清楚，徒勞是指怎樣的情況。」

有時候覺得這個世界上沒有任何一件事是無用的，但有時候又覺得無論是面對鋼琴，或是我此刻在這裡，所有的一切都是巨大的徒勞。

「對啊……」

柳哥把黑色的雨傘開開收收，好抖掉雨傘上的雪。雖然北海道的人很少撐雨傘，但我們帶著重要的調音工具，所以都會撐傘。

「這種情況，就叫做沒有徒勞的概念。說白了，就是根本不瞭解徒勞這兩個字的意思。」

不知道為什麼，柳哥在上車時，竟然得意地這麼說。

「外村，你什麼都不懂，我覺得這很了不起，我反而從你身上學到了很了不起的事。」

「喔，謝謝。」

我不置可否地應了一聲，發動了車子的引擎。

森林裡沒有捷徑，只能持續磨練自己的技術，一步一步向前走。

但是，有時候忍不住希望，也許自己具備了神奇的耳朵、神奇的手指，在某一天突然開花結果。如果自己的雙手可以立刻製造出腦海中勾勒的鋼琴音色，或者能一步飛向目標的遙遠森林，不知道有多美妙。

「但是，我還是覺得，這個世界上沒有什麼事情是白費工夫。」

不合時節的雪在地面積了薄薄一層，車子輾過積雪，緩緩行駛。

「外村，我有時候覺得，你搞不好披著無欲外皮，內心是一個野心勃勃的傢伙。」

柳哥把副駕駛座的座位向後倒，用力伸了一個懶腰。

如果調音的工作是個人項目，考慮使用能一口氣飛到終點的工具就好。如果目的只是調音而已，也可以放棄步行，搭計程車前往目的地。

但是，調音師的工作無法獨立完成，必須有彈琴的人，完成調音的鋼琴才能發揮作用，因此只能徒步行走。為了傾聽彈奏者的需求，不可以一步登天，否則就無法進行調整。必須一步一腳印，隨時確認，慢慢走向終點。因為一路上小心翼翼，所以會留下腳印。當有一天迷路繞回來時，那些腳印就成為記號，可以知道該回到哪裡重新開始，到底走錯了哪一步，於是能夠修正，也能夠傾聽別人的要求進行調整。經歷千辛萬苦，用自己的耳朵和身體記住哪裡出了什麼問題，繼續朝向目標前進，才能夠傾聽他人的要求，完成他人的要求。

「啊！」

我只是輕輕叫了一聲，在副駕駛座上閉目養神的柳哥猛然坐了起來。

「怎麼了？」

「沒事。」

「你小心點，車子沒裝雪胎。唉，真是的，這個季節竟然下這麼大的雪。」

「熱門的拉麵店。」

「啊？」

因為不知道誰會上門吃拉麵，所以味道必須調得濃郁，讓客人第一口就印象深刻。如果知道客人是誰，就可以配合客人的味覺，調出客人覺得好吃的味道。

「要去嗎？」

柳哥一臉開心地看著我。

「偶爾繞去吃碗拉麵也不錯，我們去吧。你說的熱門拉麵店在哪裡？」

「對不起，我只是比喻。」

柳哥目瞪口呆，很快露出了失望的表情。

「我會去找好吃的拉麵店。」

柳哥再度閉上了眼睛。

我在開車時，回想了今天的狀況。我錯了。剛才的情況並不是客戶找麻煩。原本的音色果然欠缺了某些東西。上條先生的確不是勤奮的鋼琴師，也許很久沒彈家裡的鋼琴了。但是，他在彈的時候，覺得不對勁。這架鋼琴和以前不一樣。

我無法完成柳哥能夠做到的事。雖然我很清楚這件事，但客戶用拒絕的方式把這個事實攤在我面前，令我感到害怕。我無法具體瞭解自己做不到什麼、在哪些地方有所欠缺，這令我害怕。

「害怕？害怕什麼？」

我以為柳哥睡著了，沒想到他突然開了口，嚇了我一大跳。同時也感到很丟臉。因為我好像又不知不覺說出了正在思考的事。

「你以前還是新手的時候，不會害怕嗎？會不會擔心調音技術一輩子都無法進步？」

他躺在放倒的副駕駛座上，只有眼珠子轉過來看著我。

「好像不曾害怕，不對，好像曾經感到害怕。」

然後，他瞇起眼睛問我：

「你害怕嗎？」

我默默點著頭。

「害怕也沒關係啊，正因為害怕，所以才會持續努力，全力以赴精進自己的技術，你可以再稍微體會這種害怕的感覺。你會害怕很正常，因為你正在以驚人的速度，吸收各式各樣的經驗。」

說完，他呵呵地笑了起來。

「外村，你ＯＫ的啦。」

「一點都不ＯＫ，整天焦急，整天害怕——」

柳哥舉起一隻手，打斷了我的話。

「是誰每天處理完店裡的業務之後，用店裡的鋼琴調音？你認為自己總共為幾架鋼琴調了音？辦公桌上有幾本調音的書？看了那麼多書，知識當然會不斷累積。然後每天晚上還在家裡聽鋼琴曲的專輯，不是嗎？你沒問題的，就趁現在，好好體會害怕的感覺。」

無論再怎麼害怕，現實總是更加可怕。我無法調出理想的音。

「調音也需要才華嗎？」

我鼓起勇氣問，柳哥轉頭看著我。

「當然需要才華。」

果然是這樣。我忍不住想。聽到柳哥說調音需要才華，我反而鬆了一口氣。現在還不是那個時候，我甚至還沒有到達考驗我有沒有才華的階段。

我沒有才華。如果這麼說，反而比較輕鬆。但是，調音師需要的不是才華，至少現階段需要的不是才華，我一直用這種想法激勵自己。不能用「才華」這兩個字模糊焦點，不能把這兩個字當作放棄的藉口。如果缺乏才華，可以靠經驗、訓練、努力、智慧、機智、毅力，還有熱情來彌補。如果有一天，發現這些事也無法彌補才華的不足，到時候再放棄也不遲。雖然我很害怕真的有這麼一天。承認自己沒有才華，必定是一件非常可怕的事。

「才華就是極度喜歡的心情，就是那種無論發生任何事，都不會放棄的執著，或者說鬥志之類的東西。我向來都這麼認為。」

柳哥靜靜地對我說。

「秋野先生。」我叫了一聲，但他沒有回應。

「秋野先生。」

我又叫了一次，這次似乎終於聽到了，他默默抬眼看我。

「什麼事？」

他把左手舉到左耳旁，不知道從耳朵裡拿出什麼東西。

「那是什麼？」

「耳塞。」

他覺得周圍的雜音很吵嗎？想到這裡，終於恍然大悟。原來是為了調音。原來他這麼保護他的耳朵。

「我的耳朵很敏感。」

秋野先生一臉嚴肅地說。

「有什麼事？」

「可不可以讓我觀摩一下？」

「啊？觀摩什麼？」

我想學習秋野先生口中的咚叮叮。我終於意識到自己在太多方面都很不足，才會有這種想法。

「我想觀摩一下你的調音，拜託了。」

我低頭懇求，他露出凝重的表情。

「不要，這樣很不好做事。」

「對不起，但是拜託了，請你讓我見識一下。」

我再度請求，他低頭看著手上的黃色耳塞。

「即使你看了，也會覺得很無趣。」

我覺得他勉強答應了，所以搶先道謝。

「謝謝你。」

「完全不值得期待，只是很普通的調音。」

我想要瞭解普通的調音，我想要見識一下秋野先生的普通。

「拜託你了。」

秋野先生皺著眉頭，又把耳塞塞回耳朵。

翌日，我跟著他去的客戶家的確是普通的家庭。很普通的獨棟房子內，有一架普及型直立鋼琴，但是，秋野先生的調音完全不普通。

他的調音速度快得驚人，比我以前看過的任何人都快。調音通常需要將近兩個小時，他只用一半的時間就完成了，而且，感覺很簡單輕鬆，會忍不住陷入一種錯覺，認為調音根本就是一件簡單的事。他的動作精準無誤，轉眼就完成了調音，把拆下的前方琴板裝回去，再用布快速擦拭琴鍵和桃花心紅木的頂蓋，把原本放在琴上的《拜爾鋼琴教本》放回原位，對裡面的房間叫了一聲，然後用和平時的他判若兩人的親切態度，和女主人聊了幾句，決定了一年後調音的大致日期。

他面帶笑容地走出客戶家門後，立刻恢復一如往常的冷漠。我們一起走向停在不遠處的車子。

「是不是很無趣？」

「不……」我回答：「很有趣。」

「是嗎？我覺得很無趣。」

「對不起。」

我向他道歉。

「喔，我不是這個意思。」

秋野先生輕輕搖了搖手。

「我不是三兩下就完成了調音嗎？每次去那裡，都只是調一下音程而已，並不會做什麼特別的事。你看到了嗎？讀小學的孩子在彈拜爾。」

我看到了鋼琴教本，但小學生彈拜爾的鋼琴教本很稀鬆平常。難道秋野先生是因為稀鬆平常，所以覺得無趣嗎？

「看椅子的高度不就可以明瞭嗎？那個家庭的小孩應該就讀小學高年級，可是卻用拜爾的教本，對鋼琴也不是很有興趣。」

「應該是吧。」

雖然我這麼附和，但內心其實不以為然。並不能因為彈鋼琴的人對鋼琴沒有太大興趣，就隨便調音。

而且，我很喜歡拜爾。我忘了是什麼時候，走在路上時，聽到某戶人家傳出鋼琴聲。那是很坦誠、很溫柔的音色，我不禁覺得「啊，真棒」，那就是拜爾教本裡的樂曲。

「有言在先，雖然我速度很快，但並沒有偷工減料。如果只是調音程，我只要三十分鐘就可以搞定。」

因為我剛才親眼目睹，所以完全瞭解。秋野先生憑著多年的經驗和技術，在調音時毫無遲疑，才能夠迅速完成。

「之前你不是說，無法接受客戶不同時，用不同方式調音的做法嗎？」

原來他還記得。我有點驚訝。當時我的確這麼想，但並沒有說出口，沒有想到秋野先生還是發現，而且記住了這件事。

「平時騎小綿羊機車的人，無法駕馭哈雷機車。兩者的道理相同，如果調整得反應太靈敏，琴技不佳的人反而彈不好。」

我打開車門鑰匙時，試著稍微反駁：

「但只要多練習，就可以駕馭哈雷機車啊。」

「問題在於當事人想不想騎，至少目前還騎不了，也沒有表現出想騎的意願。既然這樣，我認為把小綿羊調整到最佳狀態更貼心。」

也許秋野先生的意見並沒有錯。

「其實我也想要進一步調整，一碰就響，而且反應很敏銳，但必須克制這種想法，盡可能調得反應遲鈍一些。因為琴鍵具有某種程度的彈性，彈錯時才不會那麼明顯。這是配合客戶的程度，故意把鋼琴調整成不會一碰就響的狀態。」

「……是。」

秋野先生坐在副駕駛座上後，靜靜關上了車門。

「真無趣。同樣是調音，我想要調哈雷。」

說完，他看向窗外。

我無言以對。他不是做不到，而是不做。有些彈琴的人無法駕馭性能太好的鋼琴。他並非輕視彈琴的人，反而相當尊重。雖然金屬球棒可以把球打得很遠，但對於沒有打過棒球的小學生來說，金屬球棒太重了。

「但是，太可惜了。」

無論對秋野先生，對鋼琴，以及只能揮著木頭球棒練習的小學生來說，都太可惜了。

戴上黃色耳塞的秋野先生沒有回答。

「聽說明年會來。」

北川小姐提了一位知名鋼琴家的名字，很是興奮。那位法國的當紅鋼琴家有一個不知道是「鋼琴貴公子」還是「鋼琴公子哥兒」之類的暱稱。

「是啊……」我應了一聲：「好像有聽說，是在那裡的音樂廳吧。」

「那裡」指的是地盤問題。

鄰町有一家很壯觀的音樂廳，裡面有好幾架鋼琴，但那些門票在演奏會前幾個月就賣完的知名鋼琴家來日本訪問時，都會使用里森夫貝公司的鋼琴。這個品牌的鋼琴是高格調音樂廳的象徵，很多鋼琴家會選擇在那裡表演也在情理之中。問題在於那些鋼琴都由里森夫貝公司專屬的調音師負責，我們完全無權插手。

「對啊……」

柳哥似乎聽到了我們的聊天內容，很誇張地聳了聳肩。

「那裡的音樂廳。」

里森夫貝公司是歷史悠久的頂級鋼琴製造商，會派自家公司的調音師上門為客戶調音。不僅不會給本地的調音師負責調音工作，甚至不願意讓本地的調音師碰他們的鋼琴。雖然他們的調音師技術一流，但態度也出了名的惡劣，言行舉止中，毫不掩飾看不起除了被稱為名門的自家公司以外的公司。

「名門這兩個字就讓人很討厭，可能是因為和我無緣，一輩子也不可能產生交集的關係。即使要我倒立，也贏不了他們。」

「柳哥，你倒立當然贏不了，不是兩腳站立，怎麼站得穩？」

柳哥訝異地看著我，可能猜不透我在開玩笑，還是認真的。然後，他得意地說：

「但是，我們有板鳥先生。不管他們是不是名門，有幾個人的調音能夠超越板鳥先生？有多少人能夠像板鳥先生那樣，讓鋼琴家和聽眾都心滿意足？雖然號稱是天下第一里森夫貝公司的調音師，但調音師的技術有好有壞，真想讓他們見識一下板鳥先生是怎麼調音的，外村，難道你不這樣想嗎？」

「是啊。」我回答。但我相信那裡不會有技術很差的調音師，柳哥應該也很清楚這一點。板鳥先生的調音無懈可擊，根本不需要和別人比。

「只讓旗下員工碰自家的鋼琴，未免太小家子氣了。這個世界上有那麼多鋼琴、那麼多調音師，大家可以坦蕩蕩地比技術，爭取調音的權利，但他們根本不讓別人有機會競爭。所謂名門，也只是這種程度而已，算了，反正那也不是我們的目標。」

柳哥說完後，露出好像在思考什麼的眼神，然後抬起眼問我：

「我剛才是不是說了經典名言？」

「有嗎？沒有吧？」

我老實回答。

「是嗎？那算了，哈哈。」

他沒什麼勁地笑了起來。

姑且不論是不是經典名言，但我能理解柳哥想要表達的意思，很希望他們不要仰賴名門或是老鋪的招牌不求進取，而是應該任用手藝高強的調音師。話說回來，製造商專屬的調音師是技術人員，當然最瞭解自家鋼琴的性能。

「阿柳……」

坐在遠處辦公桌前的秋野先生看著我們問：

「你的目標是什麼？」他拿下銀框眼鏡問：「千萬別搞錯了。」

「是嗎？」

柳哥回答時，語尾代表疑問的「嗎」字音調過度上揚，顯然並不同意秋野先生。

「為目標努力的不是我們。無論是演奏會，還是鋼琴比賽，鋼琴都是為了彈琴的人而存在，調音師跑去湊什麼熱鬧？」

「我當然無意去湊熱鬧，但我們也應該有自己的目標。」

目標的境界到底在哪裡？至少我還看不到。

「而且，鋼琴並不是只為彈琴的人而存在。」

柳哥說。

「也同時為了聽眾而存在，為了熱愛音樂的所有人。」

辦公室內鴉雀無聲。

正在擦拭眼鏡的秋野先生抬起頭。

「阿柳，你剛才是不是又覺得自己說了經典名言？」

秋野先生噗哧一聲笑了起來，坐在秋野先生後方的北川小姐也掩著嘴。

「啊，被你發現了嗎？」

柳哥抓了抓頭。原本以為這話題會用搞笑的方式結束，沒想到並未到此為止。秋野先生難得有興致地接了下去。

「希望一流的鋼琴家彈奏自己調音的鋼琴。每個調音師應該都有這種想法，但只有少數人真的有這樣的機會。」

說到這裡，他頓了一下。

「——只有少數幸運兒。」

雖然他用了「幸運兒」這三個字，但也許他原本想用其他字眼來形容那些能夠到達目標境界的人。

秋野先生桌子上的電話響了，談話也到此結束。

如果要論幸運，我覺得自己並不幸運。幸運的調音師和我至今為止聽到的聲音應該完全不同。

森林中，成熟的核桃噗咚噗咚掉落的聲音，樹葉摩擦的沙沙聲，積在樹枝上的雪融化時滴答滴答的水聲。

正確地說，那個聲音並不是滴答滴答，是滴咚滈咚嗎？但又有點像滴嚕滴嚕，或者嚕哩嚕哩。耳朵聽過很多無法用擬聲詞表達的聲音，我無意說聽過的這些聲音都是白費，也並不引以為恥，但是我清楚，光是這樣還不夠，完全不夠。

我的耳朵並沒有從小親近鋼琴，缺乏鋼琴的磨練，也沒有聽過像樣的音樂，精準程度當然不一樣。

但是，我在意的並不是這件事。我被秋野先生說的話絆了一下，差一點跌倒。

秋野先生說，所有調音師都有那種想法。也許我並沒有這種想法。

希望一流的鋼琴家彈奏自己調音的鋼琴嗎？無論再怎麼發揮想像力，我都無法想像一流鋼琴家在舞臺上彈奏由我調音的鋼琴。

那天傍晚。

「被取消了。」

柳哥講完北川小姐轉給他的電話後，皺著眉頭，起身向我走來。太不尋常了。客戶經常臨時取消，但很少看到柳哥做出這種反應。

「怎麼了？」

我在發問時突然想到——

「該不會是佐倉家？」

佐倉家就是由仁與和音的家。

「沒錯，就是雙胞胎家。」

「會不會剛好考試？」

也可能是最近要舉行鋼琴發表會，因為必須練琴，不希望被調音占用兩個小時，完全有可能因為很想練琴，所以延後調音的時間。

「不，好像不是這樣。這次不是延期，而是取消。」

我發現自己的心臟微微顫抖。

「是不是出了什麼意外？」

我脫口問道，柳哥語氣強硬地說：

「不要烏鴉嘴！」

雖然我不願意這麼想，但她們很可能遇上了不可避免的意外，暫時無法讓我們上門調音。如果不是這樣，到底發生了什麼狀況？

「要不要打電話問問？」

我搖了搖頭。我沒有勇氣。我害怕聽到決定性的事。

柳哥走開了，似乎打算用自己的手機直接打電話。我不想知道結果。因為我想到了另一個可能性。由仁與和音都很好，也每天練琴，只是向我們取消了到府調音。因為她們委託給其他業者。

雖然令人遺憾，但這並不是不可能。不過只要由仁與和音都很健康，而且繼續練琴，我情願是這種情況。

不一會兒，柳哥走了回來。

「好像是沒辦法彈琴了。」

我不願相信，反問說：

「沒辦法彈琴？誰？」

「不知道，沒有明說，我也不能多問。」

是由仁，還是和音？其中一人無法彈琴了嗎？

「她們的媽媽說，目前女兒無法彈琴，所以暫時不需要調音。」

是哪一個女兒呢？我不願想像雙胞胎中任何一個人無法彈鋼琴。耳邊響起了琴聲。雖然我不願意想像到底是誰無法彈琴，但立刻知道自己希望誰能夠繼續。肚子下面好像被塞了粗糙不平的石頭。我無法相信自己竟這麼想。不願想像的事就不必去想像；不想知道的事，就不必去瞭解。然而，我卻在轉眼之間想像、瞭解，而且開始祈求。

是和音。我喜歡和音的鋼琴，希望和音能夠繼續彈琴。所以，必須是由仁無法彈奏。

我覺得辦公室內的氣溫陡然下降。我用力甩頭，想要甩掉這種想法，但是，如果有一個人無法彈琴，那麼我祈願是和音能夠繼續彈，而這等於在祈求由仁無法彈琴。雖然我沒有這麼許願，但兩者很相似，彷彿雙胞胎。

原來有可能只是為了自己喜歡的鋼琴音色，便祈求他人不幸。比方說，祈求某個人在鋼琴比賽中獲勝，其實就是祈求其他人落敗，但這種行為不會受到譴責，因為只是心願而已嗎？即使祈求，也未必能夠實現。無論我是否存在，樹上的果實都會掉落；無論我是否存在，都會有人哭、有人笑。

希望和音能夠繼續彈琴。我努力不回想由仁開朗的笑容，在內心默默祈求。

隔天要去拜訪第一次委託的客戶。這樣剛好。我希望自己沒空思考雙胞胎的事。

北川小姐在對方打電話委託時，得知那是一架很老舊的直立鋼琴，雖然目前仍在服役，但已經忘了上次是什麼時候調音。

「外村，你願意去嗎？」

北川小姐問我時，我當然立刻點頭。我希望能夠負責更多的客戶，也希望可以為更多鋼琴調音。我調音的經驗不足，負責的客戶卻最少。

「委託人可能有一點問題。」

比起鋼琴有問題，我情願委託人有問題。委託人有問題，樂器未必有問題，但樂器有問題時，委託人一定有問題。

沒受到好好珍惜的鋼琴很難恢復原本的音色，有時候甚至無法作為樂器繼續使用。當告訴客戶必須修理，卻遭到斷然拒絕時，失望的程度往往連我自己都很驚訝。

「不過，應該沒問題，聽聲音像是二十多歲的男性。」

北川小姐對我嫣然一笑。既然她說沒問題，應該就沒問題。我決定不問北川小姐感覺客戶哪方面有問題。

我在衛星導航系統輸入地址後，把車子開了出去。

那排四四方方的房子是這一帶很常見的紅磚平房，那棟房子就在光線不太理想的角落位置。

門口雖然沒有掛名牌，但我按了門鈴，一個和我年紀差不多的男人為我開了門。

「你好，敝姓外村。」

我向他打招呼，他沒有回應。

房子不大，走進玄關，便是看起來像是盥洗室和浴室的門。打開對面的門，裡面是廚房。經過廚房，來到後方的客廳。客廳一側是拉門，後面應該是另一個房間。鋼琴緊貼在拉門對面的牆邊，有三分之一的窗戶被鋼琴擋住了。

這位姓南的客戶沒有抬頭看我，用肩膀指著鋼琴。我以為他不會說話，但聽北川小姐說，正是他打電話去樂器行。他穿了一件衣領已經鬆掉、整件衣服都皺巴巴的連帽T，下半身也穿了運動褲。衣服幾乎和身體合為一體，我猜想他應該穿了很久。

這架已經搞不清楚上一次調音是什麼時候的直立鋼琴，失去了黑色的光澤，頂蓋和前方琴板都泛著白。頂蓋上除了樂譜以外，還放了很多東西，但整體沒有灰塵，他說現在仍然在彈，這句話應該是事實。

「我先檢查一下。」

我向這個不願看我一眼的男子打了招呼後，把調音包放在地上。

打開琴蓋，試著彈了幾下，我大驚失色。咚的琴聲音準顯然有問題。我又彈了旁邊的琴鍵，音準也不對。旁邊、再旁邊，所有的琴鍵都有問題。琴聲破碎，音質中帶有雜音，音準有嚴重的偏差，聽了渾身不舒服。我憑直覺明白，這是一項大工程。我能夠順利完成調音嗎？

「我要開始作業了，會耗費相當長的時間，你可以先去忙其他事。如果有問題，我會請教你。」

雖然平時都會向客戶確認，希望鋼琴有怎樣的音色，但今天根本無暇顧及這種事，光是調出正確的音程，恐怕就會超時。他完全沒反應。

我首先移開頂蓋上的東西，打開頂蓋，拆下前方琴板。裡面積了很多灰塵。我確認了貼在側板上的泛黃紀錄紙，發現最後一次調音是十五年前。

我看得出這架鋼琴並沒有被棄置，可以感受到彈奏的痕跡，但也因此產生疑問。這架鋼琴的音準完全不正確，以前到底在彈什麼？為什麼直到今天才想要調音？

我先用小型吸塵器吸淨積在鋼琴內部的灰塵，不知道是否曾經打開頂蓋彈琴，灰塵含有各式各樣的東西。迴紋針、鉛筆蓋、橡皮筋、千圓紙鈔，和泛黃的照片。我用面紙擦拭積滿灰塵的照片，發現是一個站在鋼琴前，露出靦腆笑容的少年。我把這些東西和原本堆在頂蓋上的雜誌、面紙，一起放到旁邊。

不知道是否因為窗戶就在鋼琴背面的關係，溼氣很嚴重。有些琴弦快生鏽了，也有些擊槌桿已經歪了。在檢查每一個問題的同時，到底能不能修復的不安閃過腦海。這是調音之前的問題。琴弦竟然沒有斷裂。能不能修復這個快要壞掉的樂器？我沒有自信。

當我再度伸手拿面紙，準備擦掉琴弦上的汙垢時，看到了剛才那張照片。我眨了眨眼睛。這個少年。雖然有點像，又不是很像，但我發現這個可愛的少年就是剛才那位年輕人。因為我沒辦法清楚看到他的臉，而且整個人的感覺都和以前不一樣，所以一下子沒發現。

我拿起照片打量。果然有那個年輕人的影子。雖然不曉得他在漫長的歲月中經歷了什麼，但是，照片上滿臉笑容的少年，在幾年後已是完全不同的風貌，委託業者上門為鋼琴調音。年輕人臉上沒有笑容，和我並未交談，毫無眼神的交會。我恍然大悟。不過，還有希望。至少他願意為鋼琴調音。無論鋼琴的狀態多麼糟糕，既然委託業者上門調音，就代表他還想繼續彈奏，那便還有希望。

有些鋼琴被主人遺忘在房間的角落，有些被丟在惡劣的環境下，但是，調音的工作是為了未來，所以這工作充滿了希望。當客戶打算繼續彈琴時，才會委託我們調音師。無論鋼琴的狀態多麼糟糕，可主人還想要彈奏。

我能夠做什麼？不需要思考，也沒有絲毫猶豫。那就是盡可能讓這架鋼琴恢復理想的狀態。

這棟房子不大，可以隨時感受到那個年輕人的動靜。當我專心作業，當我為了計算聲波豎起耳朵時，都可以感到他也在豎耳細聽的動靜。

也許他打算在這架鋼琴完成調音後出售。我內心有一半抱持這樣的想法。即便如此，也沒有關係。雖然這架鋼琴無法恢復當年運來這個家時的狀態，但可以利用在這裡度過的漫長歲月，呈現出目前最好的音色。

「完成了。」

當我對年輕人宣布時，他立刻走了過來，但仍然沒有正視我。

「有幾個琴槌歪了，也有幾根固定琴弦的釘子鬆掉。雖然可以修理，但我先做了應急處理。」

我在說明時，他仍然低著頭。

「可以請你試彈一下嗎？」

我問。他停頓片刻，微微點了點頭。

我不認為不願正視他人的人，會願意在別人面前彈琴。所以，當他右手的食指敲打鑰匙孔上方的Do音時，我覺得他只要願意彈這個音就足夠了。

Do音出乎意料的有力。他站在鋼琴前，用一根手指彈了Do的音之後，便一動也不動。只彈Do音，無法瞭解調音的狀況。我正想請他多彈幾個音時，他緩緩轉過頭，臉上充滿驚訝的表情。他的視線和我交會，但隨即又移開。他用大拇指代替剛才的食指，又彈了一次Do的音，接著，彈了Re、Mi、Fa、So。他的左手在身體後方移動，在尋找椅子。當指尖碰到椅子後，他面對鋼琴，用左手把椅子拉向自己，坐了下來。坐定之後，雙手從Do開始，一個音、一個音地彈了一個八度音。

平時客戶在試彈時，我都很緊張。那是客戶當面鑑定自己工作成果所帶來的緊張，但是，今天客戶試彈時，氣氛比調音之前更平靜。

他坐在椅子上，把頭轉了過來。

「怎麼樣？」

我不需要問就知道。因為他在笑。這個年輕人笑了，就像那張照片中的少年一樣。太好了。我正這麼想，他又轉頭面對鋼琴，不知道開始彈什麼曲子。

他穿著灰色的運動衣，頂著一頭好像剛睡醒的蓬亂頭髮，彎著高大的身體彈琴。因為節奏太慢，所以我一時沒聽出來，原來是蕭邦的小狗圓舞曲。

起初樂曲無法成像，但漸漸可以看到小狗的身影。當我開始收拾調音工具時，忍不住驚訝地看著他的後背。那是一條大狗。蕭邦的小狗是像馬爾濟斯那樣的小型狗，但這個年輕人的小狗是秋田犬，或是拉不拉多之類，體型比較大，卻有點笨拙的小狗。雖然節奏很慢，音質也不夠穩定，卻可以感受到他像少年一樣，或者像小狗一樣，愉悅地彈著鋼琴。他不時把臉湊近琴鍵，似乎在哼唱著。

也有這樣的小狗。也有這樣的鋼琴。

我看著他專心彈琴的背影，當他彈完短暫的曲子時，我發自內心為他鼓掌。

每個人都有各自生存的場域，每一架鋼琴也各有歸屬的地方。音樂廳的鋼琴威風凜凜，閃耀動人，能夠發出最美的聲音打動我們。我一直以為是這樣，但是，誰可以說那就是最美的聲音，又是誰能決定那是最棒的？

那天之後，我不時想起那個年輕人。那個穿著運動衣，不願正視我的年輕人。沒有人想聽他彈琴，他也不會為別人而彈。對那一刻的他來說，有沒有聽眾根本不重要，但我清楚，他在彈鋼琴時，封閉的心漸漸敞開，快樂地和大型的狗狗嬉戲。也許是愉悅，也許是高興，他體現了彈琴的喜悅。

那架鋼琴不可能出現在音樂廳，只能在那個家裡，為了讓他彈奏而存在。這樣就足夠了。在音樂廳，無法感受到令人平靜的喜悅。琴聲讓人好像在嗅聞小狗的氣味，又好像在撫摸牠一身軟毛。那是另一種至上的音樂形式。

我似乎可以瞭解他向誰學琴，也知道他一直以來多麼享受鋼琴。我清楚地知悉，音樂不是為了和他人競爭，而是為了讓人享受人生而存在。即使是競爭，勝負也早已分曉。誰能夠樂在其中，誰就是勝者。

在音樂廳，讓眾多觀眾欣賞的音樂，和可以近距離感受到演奏者呼吸的音樂無法相提並論。不需要討論哪一個比較好，哪一個更出色。兩者都具備了音樂的喜悅，類似「觸感」的東西卻不一樣。就好像朝陽升起時的光芒，和落日餘暉的光芒沒有優劣之分。因為朝陽和夕陽皆是太陽，只是美麗的形式不同。

無法比較，比較也沒意義。即使對大部分人來說沒意義，對某個人而言，卻具有無可取代的價值。

希望一流鋼琴家彈奏自己調音的鋼琴——如果說，每個音樂會專屬調音師都以此為目標，那我的目標應該不一樣。

我並不想成為音樂會專屬調音師。

也許目前的階段決定這件事根本沒有意義。在累積多年的經驗、持續學習、不斷鑽研之後，也只有少數人——少數幸運兒——能夠成為音樂會專屬調音師。如果我現在就否定這件事，別人也許會覺得我在逃避。

但是，我漸漸瞭解，音樂並不是為了競爭而存在。既然這樣，調音師更是如此。調音師的工作應該與競爭無緣。如果有目標，那應該不是指到達某個位置，而是某種狀態。

「明亮寧靜，而又清澈懷念的文體，帶著一絲小任性，充滿了嚴格和深奧的文體，宛如夢境般的美麗化為現實的真切文體。」

我想起了這段看了多次之後、已經背下來的原民喜的文字。這段文字本身就很優美，朗讀這段句子，心情就會變得開朗。我認為這些文字無比貼切地表達了我在調音這件事上的目標。

我接到了祖母的病危通知。

雖然我立刻趕回老家，但還是遲了一步。當我回到家時，祖母已經斷了氣。

家人、少數親戚和村落的人，參加了在山上舉行的小型葬禮。

祖母在荒村出生，很年輕時就結了婚，進入山上墾荒。雖然靠林業維生，但始終很貧窮。和她一起進山墾荒的人紛紛下了山，山上只剩下幾棟房子。她在三十多歲喪夫之後，就去了因為無法只靠林業養家餬口、改為經營牧場的朋友那裡工作，把女兒和兒子養育成人。女兒在中學畢業後就下了山，之後嫁到城市。兒子讀高中時一度下山，之後又回到山上，在公所上班。結婚之後，生下了我和弟弟。

這就是我所知道的祖母的所有經歷。她很勤快，也很寡言。

後門外那片樹林中，有一張快要腐爛的木椅。從我懂事的時候，這張椅子就一直在這裡。祖母有時候會坐在這張椅子上，看著望不到盡頭的樹林。雖然我覺得除了樹林以外什麼都沒有，不曉得祖母看到了什麼。

聽到背後有動靜，回頭一看，弟弟把圍巾一圈一圈繞在脖子上向我走來。

「好冷。」

說著，他在我旁邊停下了腳步，然後巡視周圍。

「這裡完全都沒改變，反而讓人害怕。」

弟弟笑著說。

「沒錯。」

我笑著附和。其實門前那片人工造林的白樺樹比我們以前在這裡時長高了許多。

一陣風吹來，弟弟縮起身體。

「今年夏天，我去了海邊。」

「喔。」

「和大學同一組的同學一起去的。」

「你游泳了嗎？」

弟弟笑著搖了搖頭。

「當然沒有，你明知故問。」

我們都不會游泳。山裡的學校很小，沒有游泳池。山下的城鎮有町營的游泳池，有同學去那裡學游泳，但我們兄弟兩人在中學畢業時，連漂浮都不會。

「哥，你有看過大海嗎？」

「有啊。」

中學畢業旅行時去了道南，看了秋天的日本海。讀專科學校時，離海港很近，但我幾乎沒去過海邊。

又一陣風吹來，弟弟縮起身體。樹木搖晃，沙沙作響。

「晚上在海邊走路時，聽到了山裡夜晚的聲音。」

我聽見心臟在用力跳動。山裡夜晚的聲音。這是什麼聲音？我聽過這聲響嗎？我努力回想，但眼前只有一片寂靜的、宛如靜謐黑暗般的深夜景象展開。

「就像今天這樣風很大的晚上，不是會有聲音嗎？不知道是不是風吹動樹木的聲音，會有轟轟轟的聲響。」

「喔。」

是樹木被風吹彎的聲音嗎？樹葉抖動，樹枝搖晃，幾千、幾萬棵樹木發出聲響。我想起弟弟因為害怕，鑽進祖母被子的模樣。

「我在海邊也聽到了這個聲音，明明是在海邊，我卻忍不住尋找哪裡有山，還問朋友，剛才的響動是什麼。」

「嗯。」

「朋友回答，那是海濤聲。」

我曾經聽過這個字眼，但不曉得原來海濤聲很像山裡夜晚的聲音。

「太不可思議了，山和海竟然發出相同的聲音。」

弟弟抬頭看著樹梢笑了。

「也許在海邊長大的人來到山上，聽到海濤聲時也會嚇一跳。」

我看向染上淡淡紫色的天空。白色的月亮剛從山邊探出頭。我假裝仰望天空，偷偷看弟弟的側臉。他的臉以前就這麼柔和嗎？我覺得很久沒有仔細看弟弟的臉了。年幼的弟弟整天哭鬧，需要大人費很多心思，於是比他大兩歲的我學會要乖。漸漸地，變成了乖巧懂事的哥哥，和人見人愛的弟弟這種很常見的兄弟模式。我以為自己並未對此不滿。

但是，現在看著弟弟的面容，我發現內心的某些東西化解了。既然感到化解，就代表原本有疙瘩。上學之後，弟弟功課比我好，運動能力也比我強。我嫉妒弟弟嗎？也嫉妒母親和祖母更愛弟弟嗎？

「你之前為不再回來山上感到很自責吧?」

弟弟轉過頭,我們四目相接。

「你說要成為調音師時,滿臉的愧疚。」

「有嗎?」

「有啊。那時候,奶奶對你說,不要覺得對不起,不必在意繼不繼承的事。也許她也是說給我聽的。」

要繼承什麼——我差點問出這個無聊的問題,但最後閉了嘴。我們在這裡出生、長大,我們的身體應該已經繼承了能繼承的東西。

「你從小就喜歡說大話,每次都讓大家嚇一跳。」

我驚訝地看著弟弟。

「我嗎?」

我什麼時候說過大話?反而是弟弟經常說大話。他描繪的美好未來,總是讓祖母和母親樂不可支。

「你忘了嗎?你不是口沫橫飛地說什麼鋼琴的聲音和世界相連。誰平時說話會扯到世界啊?我還沒有看過世界。」

「我也沒有。」

但是，這裡也是世界。雖然無法看到整個世界，但此處也是世界的一部分。

「又是世界，又是音樂，你打交道的對象格局都很大。」

弟弟笑了起來，嘴裡吐出白氣。

「這裡是世界嗎？只是山罷了。我離開這裡之後，從來沒有看過比這裡更偏僻的地方。」

弟弟嚷嚷著「好冷、好冷」，搓著雙手。

「會感冒，趕快進去吧。」

我在弟弟的催促下站了起來。

「奶奶說，她雖然不懂鋼琴，也不懂音樂，但你從小就喜歡森林，即使在森林裡迷了路，也必定會自己回家，所以一定沒問題。」

弟弟邁開步伐，沒有轉頭看我。

來到家門口時，弟弟突然用生氣的聲音說：

「你是怎麼回事啊？老是這麼難以捉摸，用大話來唬人。」

弟弟的臉漲得通紅。

「奶奶為你自豪。」

沒這回事。我想要這麼說，但喉嚨哽住了。

「我不要，為什麼奶奶死了？她死了，我不知道該怎麼辦。」

聽到弟弟哭著這麼說，哽在喉嚨的東西猛然湧了上來。

「我也不要。」

我發出了不像是自己的聲音。

沒錯，這種時候可以哭。在我想到這件事之前，就已經哭了。我摟著比我更高大的弟弟的後背。我有多久沒有這樣碰弟弟了？一直伸出雙手推開的東西撲進了我懷裡，世界的輪廓變深了。

翌日清晨，我去森林散步。踩著雜草，撫摸著魚鱗松的棕色樹幹。松鴉在樹梢啼叫。懷念的感覺讓我不知所措。我已經忘記了嗎？我的心離開這裡了嗎？風吹來，帶來森林的味道。樹葉搖曳，樹枝摩挲。魚鱗松的綠色樹葉飄落時，發出無法成為音階的聲音。把耳朵貼在樹幹上，可以聽到樹根吸水的響動。松鴉又叫了。

我以前知道。現在也明白。我很想大聲吶喊。我認得魚鱗松發出的聲響！所以才會懷念嗎？所以才深受吸引嗎？

我一直知道鋼琴在內心深處的初始風景。最初的樂器也許是在森林中誕生的。山裡夜晚的聲音。弟弟的聲音在耳邊響起。

我以前一直沒有發現，原來山裡夜晚的聲音一直在我們的內心。那是奶奶看到的聲音，那是奶奶聽到的聲音。

櫃檯叫我，我下樓一看，發現佐倉家雙胞胎的妹妹由仁等在那裡。我的心臟用力跳了一下。

「你好。」

她一如往常，面帶笑容地向我鞠躬打招呼。我很想跑到她面前。

「還好嗎？」

我故作輕鬆地問她。

「很好。」

由仁的聲音很開朗，我的心情也跟著明亮起來。

雙胞胎取消調音至今已過了一段日子。當初只說無法再彈鋼琴，之後就沒有接到聯絡。我也不便主動打聽，所以這件事一直懸在心上。

當我聽說雙胞胎中有一人無法彈鋼琴，我立刻祈求是和音能夠繼續。並不是將和音與由仁兩個人比較，而是針對她們的鋼琴。我特別喜歡和音的鋼琴，由衷不希望再也無法聽到她的琴聲。這種想法讓我有罪惡感、對由仁感到抱歉。這種抱歉的心情也讓我感到抱歉。幸好即使我這種人再怎麼祈求或是感到抱歉，也不會應驗。

正因為這理由，所以我很高興看到由仁來找我。她有精神的樣子讓我很開心，內心的罪惡感似乎稍微減輕了一小片。

一看到由仁的臉，我立刻知道。原來是和音無法繼續彈琴了，只剩下由仁的鋼琴。但是，看到由仁出現在眼前，我還是高興。幸好她很有精神。當然，如果和音也很有精神，那就更棒了。

「對不起，之前臨時取消。」

由仁一臉嚴肅地向我鞠躬道歉。

「別這麼說，不必在意這種事。」

我也像她一樣鞠躬說道，由仁露出了笑容。

「因為得了怪病。」

她突然提到生病的事，讓我不由得渾身緊張。

「雖然其他方面都沒有問題，但只要一彈鋼琴，手指就動不了。」

怎麼會有這種事？這是我真實的感想。我不認定該不該說「那真慘啊」，「多保重」似乎也太輕鬆了。這種場合，似乎說什麼都不對。

「能治——」

我原本想問「能治好嗎」，但還是把話吞了回去。這個問題太不顧及她的感受了，而且問了又怎麼樣？萬一和音的病無法治好，讓妹妹由仁來回答這個問題，未免太殘酷了。我為試圖在當事人面前說出內心自私祈求的膚淺行為感到羞愧。

但是，由仁似乎察覺了我想問什麼。

「好像還不知道能不能治好，通常無法痊癒，但也無法斷定治不好。」

她淡淡地說明，我發現自己背上起了雞皮疙瘩。和音可能再也無法彈琴了。我百分之百不願意看到這種情況發生。這種心情再度油然而生。不管我願不願意，和音都生了病，這是現實。

「請你不要露出這樣的表情，我並沒有太難過——不，老實說，其實我很難受，但現在已經沒事、復活了，所以今天來向你報告。」

我不知道該說什麼，深刻體會到這樣的自己很沒出息。這種時候，可以考驗一個人的能耐。

「對不起。」

我為自己無法恰如其分地接受這件事，也無法妥善回應感到後悔莫及。

「謝謝妳特地來告訴我。」

「不客氣。」

由仁笑了笑，看起來和平時沒什麼兩樣。但只是看起來而已，我無法瞭解在由仁內心翻騰的風暴。

「對了，我今天來這裡，是有點事想要和你商量，是關於和音的事。」

然後，她又小聲地說：

「自從得知生病之後，她很沮喪，也堅決不願意走進琴房，我很煩惱。」

這也難怪。不沮喪才不正常。雖然由仁說她很煩惱，但我認為真正陷入煩惱的應該是和音。

「她根本沒有生病，卻堅持不彈琴，簡直糟透了。」

由仁故意用輕鬆的口吻說道，然後皺起鼻子。我知道她努力表現內心的不滿。感到困擾的表情。煩惱。不彈琴。糟透了。這時，我終於恍然大悟。

原來生病的不是和音，而是由仁。是由仁再也無法彈琴了。我眼前的景色突然反轉。

「和音很生氣，她對我生病這件事氣炸了。」

說完這句話，她微微偏著頭，然後又慢慢糾正：

「她不是生我的氣，而是對我的病生氣，還有對因為這個原因，導致我無法彈琴，變成她也無法彈琴感到生氣。」

「由仁……妳不生氣嗎？」

由仁聽了我的問題，露出思考的表情。

「我生氣啊。」

「嗯。」

這是理所當然的反應。我不由得這麼想。但是，她不曉得該對什麼生氣，所以有點不知所措。

「照理說，既然我不能彈了，和音就必須連同我的份一起努力，但……」

由仁想要繼續，卻說不下去了，她張著嘴，短促地吸了兩口氣，好像吸入的空氣無法到達肺部。由仁的黑色眼眸漸漸被淚水溼潤。

我很想伸出手，但雙手緊貼在身體兩側，一動也不動。我想要拍拍由仁的肩膀、後背，或是碰觸她的臉頰，無論哪個部位都沒關係，希望能讓她安心，我想要對她說：「沒問題的。」雖然事實大有問題。

淚水即將滑落時，由仁用手背用力擦了擦眼睛。雖然我覺得她可以哭出來，但又為自己不必面對她的哭泣暗自鬆了一口氣。

咳咳。我聽到有人刻意咳嗽的聲音。轉頭一看，發現拿著調音包的秋野先生剛好走過去。女高中生在哭泣，一個木頭人傻傻地站在旁邊。看在旁人眼裡，一定覺得很有趣。

由仁仍然低頭站在那裡，當她抬起頭時，淚水已經乾了，但眼睛和鼻子紅紅的。一綹從額頭垂下的柔軟頭髮貼在臉頰上。

「對不起，謝謝你聽我說這些。」

她鞠了一個躬，撥起掉落的頭髮，然後轉過身，打開店門，準備離開。

我不知道該怎麼辦。我還沒下班，但是，不管以後在工作上多有成就，都會為此時此刻沒有在這裡好好聽她說話而後悔。

我追了上去，在樂器行前的馬路上追到了由仁。我抓住她的衣袖。

「我送妳回家。」

「不用了，我沒問題。」

由仁臉上仍然帶著平靜的微笑。即使看到她的笑容，我仍然不明白她此刻的心情；不知道她特地來店裡，是不是因為對我的應對感到失望，所以這麼快就回去；不確定她這樣回去是否真的沒問題。

「要不要去喝杯咖啡？」

但是，由仁仍然微笑著答：

「我沒問題。」

我不曉得她說什麼沒問題，但我猜想，她應該是在拒絕。她拒絕了我。

我只能這麼說，鬆開了抓住她制服衣袖的手，無力地向她揮了揮。由仁微微欠身後邁開步伐，在走到轉角處之前，完全沒有回頭。

「那妳路上小心。」

天空飄起雪花。已經五月下旬了。果然有某些事、某些地方改變了。

我沿著由仁離開的那條路走回店裡，正打算打開後門時，突然想起寒冬季節的晴朗天空。陽光從萬里晴空直直地灑落，結冰的樹枝閃著銀光，耀眼的景色刺得眼睛發痛。這種天氣，氣溫往往特別低。低於零下二十五度的日子總是晴朗的好天氣。

在我生長的山上村落，冬天最冷的日子會達到零下三十度。雖然每年只會出現一、兩次，但在前一天晚上，天上的繁星多得可怕，隔天早晨，萬里無雲，一切被凍結，只有雪和冰閃著光芒。呼吸凍結，睫毛凍結，不小心張開嘴，喉嚨深處的氣管也會凍結。皮膚痛得好像有針在刺。

我回想起凍結的早晨。越是晴朗的日子越可怕。和音深陷煩惱，由仁面帶微笑，好像已經看開了，卻突然流下眼淚。誰的心真正凍結了？我相信沒有人能夠輕易回答這個問題。

獨自站在大樓屋頂安全圍牆的外側，鞋子超出了只有二十公分寬的外緣，可以看到下方人車移動。拚命忍著顫抖的雙腳，用力站穩。抬起頭，仰望天空。暫時沒問題。但是，風在吹，不知道自己能撐多久、會不會有人來救我？

無情的風越來越大，大樓開始傾斜。這只是錯覺。大樓不會傾斜，只是風吹在身上而已。身體已精疲力竭，雙腳開始搖晃。可能快不行了。

雙腳用力，繼續忍耐著。努力不看下面，慢慢捱時間。又是一陣風吹來。身體搖晃，大樓傾斜得更嚴重了。乾脆放棄吧。反正遲早會掉下去。不，現在還不會，再撐一下子，還有獲救的機會。

但是，強風再度吹來，身體用力傾斜。

秋野先生綁好紅色格子的小方巾，收起便當盒，然後抬頭問我：「怎麼樣？」雖然他這麼問，但我不曉得該怎麼答。秋野先生剛才告訴我經常出現在他夢中的場景。

「我經常作這個夢。自己莫名其妙站在很高、很危險的地方，一旦掉下去，絕對粉身碎骨，偏偏環境很惡劣。強風吹拂，大樓也傾斜。即使在夢裡，我也知道自己一定會掉下去。雖然我雙腳用力、拚命抓緊，努力不讓自己掉落，但最後還是會掉下去。」

秋野先生淡淡地向我說明。

「即使在夢裡，掉下去也會死嗎？」

秋野先生聽了我的問題，偏著頭想了一下。

「不清楚，但這並不是重點。」

重點是什麼呢？更何況他為什麼開始說夢境的事？

「我作了好幾次同樣的夢，起初我很努力撐，撐到最後一刻，但最後還是會掉下去。」

「好可怕的夢。」

「真的是惡夢，每次都會嚇醒，發現自己滿身大汗。久了之後，即使在夢境中也明白，啊，這下子沒救了，一定會掉下去，再掙扎也沒用，所以很快就放棄了。」

秋野先生臉上帶著隱約的笑容看我。

「因為我已經知道，再怎麼死撐，只要一陣風吹來，馬上就完蛋了。最後一次作這個夢的時候……」

他停頓了一下，垂下雙眼，好像在思考。

「我至今仍然記得很清楚，最後一次，是在一座高山的山脊上。因為我知道，就是常作的那個夢，所以在風雨到來之前，就自己跳下去了。」

秋野先生把食指舉到視線的高度，畫出一條跳向桌子的線。

「當我醒來時，發現並沒有流冷汗。於是我懂了，原來放棄就是這麼一回事。」

「你是說，在夢境中放棄嗎？」

「是不是很明顯？在作了自己跳下去的那個夢的那天，我決定成為調音師。」

秋野先生說完後站了起來。

「好，要去工作了。」

「喔……好。」

我怔怔地看著他瘦瘦的背影走出辦公室，然後想到一件事，慌忙追了上去。秋野先生已經下樓了，聽到我的腳步聲，停下來轉頭看我。我急忙衝下樓梯問他：

「你作了多久的夢，最後決定跳下去？」

「四年。」

秋野先生不假思索地回答。

「四年。」

我小聲重複了一次。我受到了小小的衝擊。由仁將在未來的四年中，一直生活在害怕會掉下去的恐懼中嗎？而結局，竟是決定最後要自己跳下去嗎？

那一天，由仁來店裡找我，後來忍不住落淚的那天，秋野先生剛好經過。他一定是知道了事情的來龍去脈，於是用自己的方式告訴我，她可能需要花這麼長的時間，才會放棄鋼琴。

我不知道四年的時間算長還是短。也許經過了四年，以為自己已放棄，但其實並沒有真正放下。與其這樣，還不如自己跳下去。

我很想問秋野先生，跳下去時有沒有感到害怕，但我沒有勇氣。相較於掉下去之前所感受到的恐懼、無論再怎麼掙扎，仍然會掉下去的絕望，自己跳下去反而比較輕鬆。也許他很乾脆地，臉上帶著像剛才一樣的笑容跳下去。我很希望是這樣。

之前就曾經聽說，秋野先生想成為鋼琴家。我相信這和努力時間的長短，投入了多少熱情，以及年齡有關係，當然，不同性格的人，也會有不同的結果，所以無法輕易比較。但是，我很不希望由仁在未來的四年，會因為這件事深受折磨。我能為她做些什麼？

我跟在秋野先生的身後，走到通往停車場的後門時，鼓起勇氣問：

「你為什麼決定放棄成為鋼琴家？」

秋野先生一派輕鬆地回答：

「因為我的耳朵太靈光了。」

他淡淡地笑了笑，繼續說道：

「我的耳朵很靈光，聽得出一流鋼琴家彈的鋼琴，和我自己彈的完全不一樣。我一直都很清楚，耳朵深處的音色，和耳朵聽到的音色，也就是我手指彈出的音色，有著決定性的差異，無論我再怎麼努力，也無法拉近這兩者之間的距離。」

值得慶幸的是，秋野先生現在已經不會再作那個夢。因為完全不再作那個夢，所以應該做了正確的決定。

「也因此有了一個技術高強的調音師。」

秋野先生聽了，笑著說：

「外村，你越來越會說話了。」

他打開後門，走了出去。

難得一天有兩個委託，我去了兩位客戶家調音。晚上七點多回到辦公室時，發現柳哥在我桌上留了字條——

「好消息。」

看到用原子筆寫的這三個字，我很納悶是什麼事。

當我拿起字條時，立刻靈光乍現。是雙胞胎的事。雖然不知道是什麼，但柳哥要告訴我的好消息，一定和雙胞胎有關。

我用辦公室的電話打了柳哥的手機，柳哥立刻接起電話。

「喔！」

「你說的好消息，該不會……是？」

我的話還沒有說完，柳哥就說：

「剛才接到了委託，要重啟調音。」

「重啟？你是說——」

我的話還沒說完，柳哥又搶著說：

「佐倉家，就是雙胞胎家，她們的媽媽打電話來預約。」

果然是這樣。太好了！重啟調音。我終於等到了這一天。

「她又可以彈琴了嗎？」

電話彼端傳來短暫的沉默。

「至少其中一個。」

沒錯，其中一個——一定是和音。要是雙胞胎都能夠彈琴就好了，我雖這麼想，但還是努力讓自己振作。有一個人可以彈，至少勝過兩個人都不彈。實在好太多了。

「而且，佐倉太太說，如果不會太麻煩，希望你也一起去。」

「啊？我可以一起去嗎？」

「據說是雙胞胎的要求，佐倉太太問的時候很誠惶誠恐。」

協調時間後，我們在一個星期後的某個下午稍晚，去了佐倉家。

佐倉太太用一臉平靜的笑容迎接我們。

「正在等你們呢。」

雙胞胎從屋內走了出來，同時向我們鞠躬。

「好久不見。」

「讓你們操心了。」

聽到她們開朗的聲音，我鬆了一口氣。

「以後要繼續麻煩你們了。」

「這是我們的榮幸。」

柳哥也笑著回答。

「很高興妳們再度找我來調音。」

我也站在柳哥身後鞠了個躬。在沒有她們消息的那段期間，我心裡好像一直卡了一塊大石。如今，這塊大石頭終於鬆動了。

她們帶我們走去琴房。

「有什麼要求嗎?」

柳哥問。

「交給你處理就好。」

雙胞胎異口同聲地回答。

「如果有什麼要求,請隨時告訴我。」

她們走出琴房後,柳哥脫下上衣,放在鋼琴的椅子上。

打開擦得一塵不染的黑色鋼琴,咚的一聲,敲響白鍵。基準音的La幾乎沒有走音。我這陣子都單獨去客戶家調音,好久沒有這樣看柳哥調音了。

我思考著雙胞胎希望我們兩個人一起上門的理由。為什麼找我一道?之前,由仁曾經來店裡,和我聊過生病的事。難道是因為這個原因,所以基於禮貌,把我一起找來嗎?

柳哥調音時,各種想法浮現在我腦海,隨即又消失。

這個房間的隔音太完善了。除了鋼琴的琴腳裝了隔音裝置外,下面還鋪了很厚的地毯,窗戶前掛著兩層厚實的隔音窗簾。之前來這裡的時候,只覺得這個家庭很謹慎。也許因為住在公寓,所以必須這麼做,但現在有另一種強烈的感覺。太可惜了。如此一來,有一半的琴聲都被吸收,和音彈的鋼琴魅力也隨之減半。

發現這件事後，我便開始坐立難安。即使減少了一半，仍然那麼出色嗎？

柳哥把布墊在琴弦作業時，我拍了拍手。啪。乾澀的聲音立刻消失，幾乎沒有餘音。我打開從窗戶上方一直垂到地面的隔音窗簾，又拍了一次。啪嗡。這次聽到了短促的餘音。白天彈琴的時候，應該可以打開這道窗簾。

「拉起來。」

柳哥彎著身，蹲在鋼琴前說。

「平時都拉上窗簾，我要在窗簾被拉上的狀態下調音。」

「但是太可惜了，打開窗簾彈比較好。」

「你真任性啊。」

「啊？」

柳哥聽到我發出驚訝的聲音，抬起了頭。

「有什麼好驚訝的？」

「對不起。」

據我記憶所及，這是我有生以來，第一次被別人說任性。

「你是說我任性嗎？」

我忍不住向柳哥確認，柳哥皺起眉頭瞪著我。

「這個房間裡有誰？只有我和你。我正在工作，而且也沒有耍性子。既然不是我任性，你覺得到底是誰任性呢？」

「我！」

我舉起右手回答。

「很好。」柳哥點了點頭。

無奈之下，我只好拉上剛才拉開的窗簾。窗簾不僅擋住了聲音，也遮住了光線。

我再度打開窗簾，傍晚柔和的陽光照了進來。

「喂！」

「好啦。」

我很不甘願地關上窗簾，仍然覺得太可惜了。

「你是小孩子嗎？」

有生以來，第一次有人說我是小孩子。原來如此，我是小孩子。呵呵。我忍不住笑了起來，心情好像變輕鬆了。原來如此，我是個小孩，我還很任性。

「有什麼好笑的？」

「沒事，對不起。」

我道歉的聲音中應該也帶著笑意。

我終於學會任性了。為什麼以前不任性？我很懂事，也很乖巧。總是忍讓弟弟，沒有想要強烈表達的自我主張。

聽到柳哥說我很任性、像個孩子，我才終於發現，我對大部分的事都無所謂，讓我想要耍任性的事少之又少。

想要任性的時候，不妨更相信自己，可以徹底任性一下。我內心的孩子這麼告訴我。

我看著柳哥俐落地調音，仍然不曉得雙胞胎為什麼找我來。柳哥的調音中規中矩。以前跟他去客戶家調音時，我並不瞭解這一點。開始獨立調音之後，今天重新有機會觀摩他的調音，就能充分瞭解他一系列作業是多麼仔細，他的手指有多靈活。我不需要模仿他，並不是每個人都能夠像他那樣調音，但他是我的榜樣。我再次體會到，自己在見習期間能跟著柳哥學習真是太幸運了。

「完成了。」

柳哥打開門叫了一聲。佐倉太太和雙胞胎立刻走了進來。

「我還是按照之前的狀態調音。」

柳哥簡單說明，由仁有點不服氣，直視著柳哥的雙眼說：

「但我們和之前不一樣了。」

「鋼琴最好一直維持相同的狀態。既然妳們改變了，應該可以彈出和以前不同的音色，確認這件事也很重要。」

由仁微微偏著頭，沒再說什麼，但隨即看著我問：

「外村先生，你覺得呢？」

她們找我來這裡，就是為了瞭解我的想法。我感受到由仁注視我的眼神，但還是老實回答：

「我不知道。」

她的視線從我身上移開了。

「要彈了才知道。可不可以試彈一下？」

和音點了點頭。

以前試彈的時候，也都是雙胞胎聯彈。她們並肩坐在鋼琴前。雖然說「看她們彈鋼琴」，聽起來好像在看人賣藝，但當雙胞胎一起坐在光可鑑人的黑色樂器前，內心湧起關於視覺的喜悅更勝於聽覺，會情不自禁地想，我可以獨自欣賞這麼美好的東西嗎？她們用鋼琴創造的音樂，讓人難以想像那是某位音樂家事先譜好的樂曲。

由仁的鋼琴魅力十足，華麗而又自由奔放，能夠充分襯托人生的光明和快樂的部分。相較之下，和音的鋼琴很寧靜，就像是安靜的森林中，不斷湧出的清泉。以後會發生怎樣的變化？兩個人的鋼琴變成了一個人的鋼琴，清泉還能夠繼續維持清新嗎？

當和音獨自坐在鋼琴前時，我大吃一驚。她的背影充滿毅然。她白皙的手指放在琴鍵上，開始彈奏寧靜樂曲的瞬間，所有的記憶，所有的雜念都消失不見了。

我覺得在音樂開始之前，就已經在聽音樂，那是只有此時此刻才能聽到的音樂，那是和音在這一刻的充分展現，卻又是持續不斷的樂音。在彈奏短暫樂曲期間，浪潮一次又一次湧現。和音的鋼琴是和世界相連的清泉，非但沒有乾涸，即使沒有人聆聽，仍然源源不斷。

由仁緊盯著和音的臉龐出現在鋼琴後方。她的臉頰泛著紅暈。由仁無法再彈鋼琴，和音正在彈琴。我為自己原本擔心她無法承受感到羞愧。由仁應該比任何人更相信和音的清泉。

短暫的樂曲結束了。原本以為她只是為了確認調音的狀況稍微試彈一下，但顯然並不是這樣。我明確地聽到了和音的決心。她從椅子上站了起來，轉身面對我們，深深鞠了一躬。

「謝謝。」

我用掌聲代替回答。由仁、佐倉太太、柳哥也都為她鼓掌。

「對不起，讓你們擔心了。」

和音說。當她吸氣準備說下一句話時，我已經知道她要說什麼。

「我決定開始彈鋼琴。」

和音的鋼琴已經開始了，早就開始了，只是自己沒有發現而已。她根本離不開鋼琴。

「我想成為鋼琴家。」

平靜的聲音中充滿了堅定的意志，就像是她彈的鋼琴音色。由仁跳了起來。

「妳是說，妳的目標是成為職業鋼琴家嗎？」

由仁的聲音很輕快，帶著興奮，和音終於放鬆臉上的表情，點了點頭。

「這是我的目標。」

「只有少數人能夠靠鋼琴吃飯。」

佐倉太太一口氣說道。我在一旁聽著，可以明顯感覺到她希望和音不會受她這句話的影響，不能因為只有少數人才能做到就輕言放棄。但是，她還是無法不說這句話。

「我並不奢望靠鋼琴吃飯……」和音說：「我要靠吃鋼琴活下去。」

琴房內所有人都屏住呼吸看向和音，看著她靜靜微笑的臉龐，但是，她的黑色眼眸炯炯有神。我覺得好美。

和音什麼時候變得這麼堅強？我陶醉地看著和音的臉，發覺在由仁無法彈鋼琴後，她內心原本就存在的東西充分顯現了出來。真是這樣的話，代表這件事並不完全是壞事。雖然由仁的事令人惋惜，深深地使人惋惜。

「就像是珠玉……」

說出口之後，發現有點害羞。

「又像是光，像森林——我說不清楚。」

走在我旁邊的柳哥看著前方說：

「你是說和音吧？」

我點了點頭。正確地說，是和音的鋼琴。飽滿的音色交織在一起，編織成閃亮的圖案。

「太好了。」

柳哥深深有感而發地為和音祝福。

「真的是太好了。」

我終於明瞭雙胞胎為什麼找我去。因為和音想要展現她的決心。和音抬頭挺胸，向前踏出了一步。我似乎看到她抬起了右腳。雖然步伐很小，但好像得到了某種力量的引導，沒有絲毫猶豫。當她的腳落地時，腳尖筆直朝向遙遠的前方。

以前住在山裡的時候，我曾經見過奇妙的景象。記得那是小學五年級的時候，差不多就是現在這個季節。天黑之後，我離開同學家，獨自走在路上準備回家，看到有什麼東西閃著光，抬頭一望，離森林入口不遠處的樹木正閃閃發亮。我不知道是怎麼回事，戰戰兢兢地走過去一看，發現榆樹的樹枝出現了點點微光，微光熠熠閃動。我不曉得那是什麼現象，既覺得很美，又有點害怕。不是只有一棵樹而已，周圍的樹枝也都閃爍著淡淡的光，但是，只有那棵榆樹格外特別，反射著月光，發出了耀眼的光芒。並非樹冰，也不是冰晶，那是我唯一一次在夏天看到樹木發光。

即使是現在，我仍然搞不清楚那是怎麼回事。可聽著和音的鋼琴，眼前浮現出當時的光芒，彷彿看見那天晚上，樹木發出的好像是夢幻慶典般的光芒。

「太好了。」

柳哥不知道重複了第幾次。

「真的是太好了。」

我也一再重複相同的話。

那並不是只此一次的奇蹟而已。我對此深信不疑。和音的鋼琴並不是偶然發揮出精湛而已。今天晚上，山上的樹木也在我不知曉的地方繼續發光。

差不多十天之後，雙胞胎來到店裡。我們正在為週末舉行的小型獨奏會布置現場。

「啊，好懷念啊。」

由仁叫了起來。

「小時候，曾經在這裡參加過發表會。」

原來她們一開始是在這裡的兒童教室學鋼琴。

「佐倉？」

為獨奏會的鋼琴調完音的秋野先生發現了由仁與和音，與她們打招呼。

「好久不見。」

「喔，是由仁與小和吧？長這麼大了，妳們以前就長得一模一樣，根本分不清誰是誰。」

秋野先生輪流看著雙胞胎的臉。據說原本是秋野先生為佐倉家的鋼琴調音，很久之前，換成柳哥接手。基本上，一臺鋼琴會由同一位調音師負責調音，但有時候會因為某些因素中途換人。可能是因為在重要場合代打，相互交換雙方的客戶，當然也可能是因為和客戶之間的關係，偶爾也會因住得比較近等理由交換。

「既然來了，要不要彈一下？」

「啊？可以嗎？」

由仁問。我差一點以為由仁要坐下來彈鋼琴。

「可以啊，我已經調完音了。如果不介意，彈一曲來聽聽。」

秋野先生難得滿面笑容。對喔，秋野先生對客戶都很客氣，而且見到了久違的雙胞胎，應該真的很高興。

「那就去啊。」

由仁催促著和音，和音在鋼琴前坐了下來。

「喔！」

正在搬椅子的柳哥放下椅子後跑了過來。

「好像很好玩，你趕快去叫人啊。」

他用手肘頂著我。

「機會難得，請等一下。」

我回到辦公室，問原本留在裡面的北川小姐，要不要聽和音彈鋼琴？剛下定決心要認真練琴的和音所彈的鋼琴。雖然她只是普通高中生，但絕對不只是普通的高中生，我希望辦公室所有人，希望有更多人能夠聽和音彈琴。

北川小姐立刻跟了過來，剛從外面回來的業務員諸橋先生也來了。當我帶兩名觀眾回來後，和音已經坐在鋼琴前沒有靠背的椅子上。鋼琴的蓋子打開，我們屏息斂氣地等待和音觸動白鍵。

隨著吸氣的動靜，樂曲開始了。鋼琴獲得了重生。這是一首輕盈、明亮的樂曲，和上次試彈時彈奏的樂曲完全不同。輕快而優美。和音的琴聲綻放出光芒，讓我回想起山上發光的樹木。這首樂曲充分展現她的優點，讓人納悶為何音樂可以讓人心潮如此澎湃。她的琴聲和以前不一樣，彷彿融合了由仁的優點，比從前更加出色。

當她彈完最後一個音，雙手放在腿上的瞬間，北川小姐用力鼓掌。對，要鼓掌。我也慌忙為她鼓掌。

和音站了起來，向大家鞠躬。由仁也在一旁跟著行禮。

「太棒了！」

北川小姐露出滿面笑容，一直拍著手。

秋野先生走了出去，但我看到他離去時，輕輕點了點頭。

「外村……」老闆滿臉興奮地叫住了我：「原來她這麼厲害！」

如果必須在「是」或「不」之中選一個答案，我會回答「是」。和音的鋼琴一直這麼厲害，今天又比平時多了一些什麼。

「真是太驚訝了，簡直是改頭換面，耳目一新的變身呀！」

和音並沒有變身，她一直是原來的她。第一次聽她彈琴時，她可能只是剛從種子發芽的兩片葉子。但是，她不斷長大，長出了莖，枝葉越來越茂盛，如今，終於生出了花苞，未來更精彩可期。

「我覺得她之前就很厲害。」

我委婉地說，老闆挑起兩道濃眉看我。

「是嗎？也對，你一直很看好她，但是，該怎麼說，她和以前完全不一樣。我覺得好像看到了很了不起的一幕。」

「不是用耳朵聽到？」

老闆點了點頭。

「那是鋼琴迅速成長的瞬間，不，應該說是一個人成長的瞬間，我覺得自己見證了那一刻。」

老闆說完，竟然伸出手要和我握手。老闆用力握住我伸出的手，然後拍了拍我的肩膀，走了出去。

柳哥剛才走到和音身旁，不知道和她聊了什麼，然後興奮地走了回來。

「不得了，小和真不得了。」

雙胞胎走了過來。

「不好意思突然跑來找你，真的很感謝你之前的幫忙。」

和音恢復嚴肅的表情，鞠了個躬說道。

「對不起，妳們來這裡是有什麼事吧？結果卻臨時叫妳彈琴。」

「沒事，只是來打聲招呼，以後也請多多關照，所以很高興你們讓我彈琴，還是彈琴最直接。」

「對啊。」

我點了點頭，和音終於露出了笑容。

「那個……」

站在旁邊的由仁直視著我。我有點混亂。由仁與和音很像，這我早就知道了，但是，她的臉、她的表情，和我之前去佐倉家時看到的和音一模一樣。黑色的眼眸炯炯發亮，臉頰帶著紅暈。真漂亮。我忍不住這麼覺得。她張開充滿堅定意志的嘴唇——

「我還是不想放棄鋼琴。」

放棄。不放棄——她到底如何選擇，但不是她去選，她只能被選擇。

由仁的視線很銳利。她說不想放棄，我卻無計可施。無法承受她的眼神，卻也沒辦法移開視線。

「我想成為調音師。」

她的話太出乎意料，我說不出話。

但是，看到由仁認真的表情，我不由得想，她根本不需要放棄鋼琴。森林有很多入口，漫步森林的方法應該也有很多種。

成為調音師，沒錯，這也是漫步鋼琴森林的方法之一。鋼琴家和調音師走在同一座森林中，走在同座森林，不同的路上。

「我想為和音的鋼琴調音。」

「這——」

在我張嘴的同時，柳哥也開了口。我覺得我們想說的話應該不一樣。

「真有意思。」

最後，柳哥這麼說。

「有一所很不錯的專科學校，妳可以去那裡學習。」

「這是我的希望。」

和音說。

「如果由仁能為我的鋼琴調音，可以為我壯膽。」

「不……」由仁打斷了她：「這是我的希望，我想為和音彈的鋼琴調音。」

「可是……」

我插嘴，四顆黑色的眼眸同時看著我。

「可是什麼？」

柳哥也看著我，我默默搖頭。

可是，那是我的願望，我想為和音的鋼琴調音。雖然我這麼想，卻無法說出口。我能力不足，也許來不及趕上和音展翅飛翔。

「我相信彈鋼琴的人都明瞭，每個人都是孤獨的。一旦開始彈琴，就是孤獨的。」

和音靜靜地說。

「正因為這個原因，我希望可以彈奏由仁為我調整到完美的鋼琴，這是我目前的夢想。」

夢想嗎？柳哥和我互看了一眼。我覺得我和柳哥此刻的想法應該也不相同。

「真不錯啊。」

柳哥說。我懊惱不已。只有這麼小的夢想？不對吧？應該擁有更偉大的夢想才對啊。和音就是和音，要靠吃鋼琴活下去。

「一旦開始彈琴，就是孤獨的。」

由仁重複了和音的話，聲音中充滿了強烈的意志。

「所以，我們會全力支持孤獨的妳。」

啊！我差一點叫出聲音。我們。這句話應該由我們來說。我、我們要支持和音的鋼琴。

「和音，我要和妳一樣，也要靠鋼琴生存。」

我覺得又看到遙遠山上的樹木發亮了。由仁已經下定決心要當調音師。

「那我們就先告辭，打擾了。」

當她們一起鞠躬後抬起頭時，臉上帶著開朗的笑容。

我們送她們到門口，向她們揮手道別。回到二樓的辦公室後，柳哥仍然興奮不已。

「我現在好想要加倍努力，啊啊！好久沒有這種感覺了，就像是看了拳擊的實況轉播之後，渾身熱血沸騰，好想出去跑幾圈！」

他連珠炮似的說完，嘆了一口氣，搖了搖頭。

「真不甘心呀，雖然很想好好努力，卻不知道要為了什麼努力。」

「我也一樣。」

要怎麼努力才能支持雙胞胎？怎樣努力，才能調出好音色？如果我知曉，一定會全力以赴。無論再怎麼辛苦，再怎麼勞累，只要明白該怎麼做，我就會努力不懈。

或許彈鋼琴的人也一樣。雖然基礎和技術的訓練不可或缺，但該如何磨練表現技巧？如何才能創造出優秀的音樂？我相信，任何人都無法肯定地回答這些問題。

「啊，我也好想拚死拚活地努力！」

柳哥右手握著拳頭，似乎發現了我正目不轉睛地看著他。

「你不想嗎？」

「我想，十分想用盡全力，只是不知道要往哪方面努力，也不知道該怎麼使勁，才能創造出好的音色。」

「感覺就像在原地拚命轉動手臂。」

柳哥笑著說。

「那就練跑步，晨跑、跳繩。聽說游泳也不錯，每天去游泳池游五公里。」

「真的嗎？」

「你覺得是真的嗎？」

他看到我滿臉失望的表情，再度笑了起來。

「在身為調音師之前首先是個人，對人來說，透過跑步、游泳培養體力不是很重要嗎？雖然我並沒有健身。」

「你沒有嗎？」

「當然啊，我討厭跑步，但也不是完全沒用，畢竟可以培養體力。外村，你不是經常用店裡的鋼琴調音嗎？這兩者的情況一樣，應該多少有點用。一直針對相同廠牌，狀態還不錯的鋼琴調音，雖然不至於沒用，但練了幾輪之後，就沒有太大意義了。當然，有練習總比沒有好，不過，最好進入下一個階段。」

下一個階段。如果可以進入下一個階段，我當然也想進階。如果可以努力，我當然想要努力。不，沒有理由不努力。和音與由仁都開始前進了。

但是，要怎麼努力？缺乏的自信又在內心深處抬頭。雖然很想和雙胞胎一起前進，如果可以，我希望能一路奔跑、追上她們，卻不曉得該怎麼出力，只能原地踏步。

「話說回來……」

「嗯？」

「為什麼可以那麼美妙？她彈的『和音』，簡直就像是天堂的鐘聲。」

「不光是和音而已，而是整體都很美妙，不是嗎？」

柳哥笑了起來。雖然整體都很美妙，但和音的部分更特別。悅耳動聽，內心深處完全被融化了，稍不留神，眼淚就會流下。我認為她彈的和音與眾不同。雖然我曾經聽很多人彈過那架鋼琴。為什麼她可以彈出不同的音色？怎樣調音，才能夠充分襯托她的和音？

「不過，真是太好了，整個人都有精神了。」

柳哥說要外出，和他道別，走回自己的座位時，我突然想到一件事。

我覺得和音彈的和音特別美妙，應該不是心理作用。用平均律調音時，有些音無法避免地會帶有雜音，她在彈那些音時特別輕柔。以前讀專科學校時，曾經學過相關的理論。有極少數鋼琴家能夠在組合和音時，掌握每一個帶有雜音的音，在彈這些音時特別細緻。我記得可以微調踏板控制回音。

如果和音就是這種鋼琴手，我要如何為她調音？調整制音踏板的靈敏度，是否就可以彈出更細膩的音色？

我站了起來，想去看看和音剛才彈的那架鋼琴，但又改變了心意。明天的獨奏會要使用那架鋼琴，而且已經完成調音，亂動要是搞到萬一調不回去就毀了。少安勿躁。但是，重新坐下來後，卻生出一股衝動。如果現在不確認，就無法在下次和音彈的時候嘗試。我又站了起來。

「外村，你在幹什麼啊？」

聽到說話聲，我忍不住一屁股坐了下去。北川小姐一臉納悶地看著我。

「你從剛才就一下子站起來，又一下子坐回去。」

「不是啦，我原先想去調整一下踏板。」

「那就去調啊。」

「但是又覺得還是不要這麼做比較好。」

我的語尾越來越小聲，北川小姐噗哧一聲笑了起來。

「你是不是想到了什麼？」

「是啊。嗯，我聽了她的和音，覺得如果把二分之一踏板和四分之一踏板調得更靈敏，也許彈起來會更順手，但這只是我的推測而已。」

「既然這樣，那就去試試啊，快去，要好好把握和音妹妹。」

我慌忙搖了搖頭。

「不，我還不知道能不能幫上忙，也許是多此一舉，但或許很重要。」

我自己同樣舉棋不定。說到底，就是缺乏自信。可能是用「我只是突然想到」這個藉口逃避。

「外村，我告訴你，你的這種突發奇想有可能對她大有幫助，當然也可能毫無幫助。對你以後的調音可能有幫助，不，也可能沒有幫助。」

北川小姐笑著繼續說：

「可音樂本來就是這麼一回事啊。」

「是。」

雖然我點著頭，但又同時覺得「真的是這樣嗎？」音樂也許有幫助，也許沒有幫助。或許真是這麼一回事。

「北川小姐，第一次聽到板鳥先生調音的鋼琴聲後，改變了我的人生。」

「嗯。」

「我不知道音樂對我的人生有沒有幫助，但我的人生在那次之後站了起來，這是超越有沒有幫助的體驗。」

「嗯，我瞭解。」

北川小姐用力點頭。

「所以啊，我覺得只要想到了，就不妨去嘗試一下。如果不行，再調回來就好，更何況也許可以讓和音妹妹的鋼琴更優美，不是嗎？」

「對。」

我再次站了起來。和音應該已經離開了。

「外村，看著你，讓我想起以前看過的一本推理小說。」

「啊？什麼意思？」

北川小姐起身走了過來，壓低聲音：

「故事雖然很有意思，但破案的線索該怎麼說，感覺有點離奇。從凶手打來的無聲電話中，隱約聽到了喀喀喀的聲音。」

「喔。」

我完全不知道兩者之間有什麼關係。

「主角聽到喀喀喀的聲音，便推理出凶手打電話的地方，說凶手在室內養了狗，而那條狗快死了，狗無力地躺在地上，用指甲敲地板。」

「就只憑喀喀喀的聲音嗎？」

「對。」

北川小姐輕輕嘆了一口氣。

「你能夠從細微的線索，發現最適合鋼琴的音色，這不是和喀喀喀一樣嗎？也許你得出的結論並不正確，或者可能是誤判，但我認為能不能做到這件事，是調音師的資質問題。」

「喔。」

「外村，我覺得你沒問題，我相信你很擅長發現喀喀喀，但也許還需要一段時間，才能成為技術。」

啊，北川小姐在鼓勵我。當我發現這一點，不由得感到歉疚。

「謝謝。」

我坦誠地向她道謝。

「咯咯咯應該是喜鵲。」

我把腦海中浮現的想法說了出來，北川小姐目瞪口呆地看著我。

「喜鵲不是在銀河搭了一座鵲橋嗎？我覺得喜鵲把鋼琴和彈鋼琴的人連在一起，而我們的工作，就是從各個地方把喜鵲一隻隻地找出來。」

北川小姐誇張地搖著頭。

「我之前就覺得，你這個人很浪漫。」

「沒這回事。」

北川小姐對我的話充耳不聞，開心地再度搖了搖頭。

「喜鵲嗎，我從來沒有想過。」

必須找到每一隻喜鵲，只要少了一隻，就會出現比一隻喜鵲更大的空缺。如果沒有足夠的喜鵲，最後能夠跨越或是跳過巨大的空缺嗎？

道路很險峻，也很漫長，我甚至不知道該努力什麼。最初靠的是意志，最後仍然靠意志。中間靠的是堅持，或是努力，或者既不是堅持，也不是努力的某些東西。

每天和鋼琴打交道，充分傾聽客戶的意見，保養調音工具。重新為店裡的每一架鋼琴調音、聽鋼琴曲選集，秋野先生和柳哥教我的事，從板鳥先生身上得到的啟示。

和音的琴音。也許在短暫的夏天躺在草地上，在山上的夜晚看到樹木靜靜發光，豎耳細聽泉水潺潺，所有的一切都是喜鵲。

一直打轉的指南針猛然停止。在森林中，在城市中，在高中的體育館內，在許許多多鋼琴前搖晃的紅色指針，都指向同一個方向。和音的鋼琴。我要為了和音的鋼琴，全心全力蒐集喜鵲。

我要靠吃鋼琴活下去。和音的這句話一直縈繞在耳際。還有她說這句話時的毅然聲音，泛著紅暈的臉頰，與炯炯發亮的雙眸。

一大早，我在走去樂器行的路上，一次又一次回想。和音的鋼琴、和音的話、和音的表情。那些都不是為我而存在，但我仍然被她深深打動。一次又一次地感動。我也可以回饋她。我也能回應她。

我用鑰匙打開空無一人的辦公室。剛進公司時，我理所當然地認為，我這個新人應該第一個到公司。不久之後，秋野先生就對我說，不必在意這種事。因為早晨比較不塞車，所以他習慣早一點到樂器行，我不必介意。之後，每天都是秋野先生第一個到公司。

但是，今天早晨，我在家裡再也坐不住了。租屋處沒有鋼琴，所以我想趕快到樂器行，想要為鋼琴調音。

我喜歡和音的鋼琴，並不光是因為她彈得好，或是因為她彈得優美、高雅，而是覺得在她的音色深處，似乎隱藏了什麼，只差一點就可以展露出來，有時候會表現出即將展露之前的緊張感。

如今，終於展現出來了。和音的堅強必定會顯露在她的音色中，只要有一絲猶豫，認為自己也許做不到；只要對無法繼續彈琴的由仁稍有顧慮，她應該就不會立志成為鋼琴家。

和音的鋼琴與以前相比，增加的不是影子，也不是被無法繼續彈琴的由仁內心的悔恨與懊惱影響，而產生的責任感，是在接納了這所有一切之後，誕生了某種強烈開朗的東西。

走進樂器行後門時，我感到輕微暈眩，停下了腳步。在我的眼底深處、耳朵深處，那份開朗復甦了。我完全沒有想到，和音立志成為鋼琴家，會帶給我這麼大的鼓勵，這應該也不是和音的本意。

走上階梯，打開辦公室的窗戶。空氣在發亮。這個時間的風還有點冷。

在她決定要成為鋼琴家的瞬間，世界是否和以前不一樣？我也曾經與和音同年。十七歲。我在十七歲時遇見了板鳥先生，至今仍然可以清楚地回想起決定要成為調音師時的喜悅。雖然無法保證我能夠成為調音師，但那份喜悅，就像是眼前的霧突然散開，好像第一次用自己的腳走路，用自己的手撫摸著輪廓。當時，我覺得自己可以一直走下去，必須一直走下去。

重啟調音的那一天，佐倉太太告訴我，和音無論練多久的琴，也不以為苦。

「她說不管怎麼彈，都不覺得累。」

佐倉太太說完後，瞇起了眼睛。

「能夠這樣不厭其煩地練習本身就是一種才華。」

柳哥附和。

我完全有同感。和音彈琴時，並沒有在忍耐什麼；努力時並不覺得自己在努力，這件事才有意義。在努力的時候，覺得自己很努力，就會試圖取得回報，所以成不了氣候。因為當覺得自己付出得夠多，就會試圖在自己所能想到的範圍內回收成果，努力終究只是努力而已。正因為不認為是努力，才能夠發揮出超越想像的可能性。

她在面對鋼琴時，純潔得令人羨慕。她在面對鋼琴的同時，面對了整個世界。

我不知道該如何努力。因為不知，所以只能瞎忙。在一大早的樂器行內，打開與和音家相同型號的平臺鋼琴琴蓋，我打算利用早上的時間，用純律重新調音。

純律是音樂的一種律式。在一個八度音中，包括Do、Re、Mi、Fa、So、La、Si和其半音在內的十二個音程，有多種調音方式，純律和平均律為兩種主要的律式。

將一個八度音程平均分成十二等分的平均律很合理，所以幾乎所有鋼琴都採用這種方式調音。雖然用這種方式調音基本上沒有問題，但嚴格來說，相鄰兩個音的音程差異並不相同，然而，設成平均值後，當不同的音組合時，就會產生雜音。和音時，Do Mi So的Mi和La Do Mi的Mi原本的音高不同。

純律是以音質為優先，規定每一個音的頻率比為整數比，當幾個音組合時，頻率比越單純，音質就越美，使用純律調音的鋼琴，和音很優美，但最大的弱點在於每一個音之間的間隔不同，轉調很困難。

在演奏弦樂器和管樂器時，可以自行調整音高。比方說，小調的Do Mi So——Mi降半音時——將Mi稍微調高，就能產生完美的和音。但是，想要這麼做，必須充分把握這個Mi是什麼調性、哪個和音，以及第幾個音，同時，還必須具備能夠用樂器加以區分的技術。雖然我明白理論，也知道演奏要達到這種境界並非易事。

鋼琴無法做到這一點。因為每個琴鍵都有固定的音，彈奏者無法自行改變音程，只能彈奏我們調音師製造的音，即使在彈奏和音時發覺微妙的雜音，也只能彈那個音。

我想嘗試用純律調音，之前一直覺得自己還沒這個能耐，但是，世事無「絕對」，也沒有「正確」、「有用」、「徒勞」。當逐一個別思考時，就會覺得能耐根本無足輕重。如今，我想嘗試所有跟調音有關的事。我想要嘗試。我不曉得什麼會變成能耐，也不知道能耐又能夠變化出什麼。若是慢慢等待能耐上身，也許需要等幾十年。

從平均律改成純律，我花了將近一個小時調完音，之後試彈了一下。我不會彈鋼琴，只是確認音質。Do、Me、So，So、Si、Re，Fa、Ra、Do。音質很美，忍不住覺得必須在今天下班之前調回平均律太可惜。

「咦？」

板鳥先生從展示室門外探頭進來。

「外村，原來是你啊。」

他驚訝地將身體向後仰。

「發生什麼事了？」

我不知道他在問什麼。有發生什麼事嗎？

「突然進步了。」

「什麼進步了？」

「你的調音啊。」

他一臉認真，語氣平靜地說。

「聲音很清脆。」

真是這樣的話，就太令人興奮了。但不可能有這種事。我改變了音程，用純律調音，但音色呢？我並沒有刻意改變什麼。

「很不錯。」

板鳥先生笑著點頭。

「謝謝。」

板鳥先生面帶笑容，離開了展示室。

真的嗎？我的調音真的進步了嗎？我用布擦拭完琴鍵，輕輕蓋上琴蓋。

之前曾經和柳哥聊到餐廳的比喻。因為不知道誰會上門來吃，所以廚師會絞盡腦汁，讓每個客人在吃第一口時便為之震撼。如果知曉哪一個客人會上門，就可以針對客人進行調整，提供客人喜歡的美味。調音也一樣，如果事先曉得是誰彈琴，就能製造出最適合那個人的音色、那個人最想要的音色。

一隻喜鵲飛來，在魚鱗松的森林停下腳步。我在調展示室內的鋼琴時，設想是和音要彈奏，我在為立志成為鋼琴家的和音調音。

開始獨自去客戶家調音後，漸漸有了些不是第一次調音的客戶。

只要去過客戶家一次，我就會記得。比起房子，或是委託人，我更記得鋼琴。每次都有「啊！」的感覺。只要打開黑色琴蓋，就能立刻察覺。可以清楚發現類似自己調音的痕跡，就像在鏡子中看到自己，也知道當時的想法，打算怎麼做，最後調整了哪些部分。

和人相處時，我的社交能力很差，也不太容易和別人親近，卻會對鋼琴產生親近感，忍不住想對鋼琴說：「嗨，好久不見。」如果真的是因為鋼琴中留下了自己的痕跡，或許就情有可原。

有時候會覺得去年見到的時候態度冷漠的鋼琴，今年似乎稍微向我敞開了心房，主動向我靠近。客戶也一樣。去年從頭到尾都守在琴旁，緊張地看著我調音，今年卻放心地託付給了我。

「託你的福，我家的鋼琴變得很棒。」

今天去客戶家時，裡頭年長的婦人對我說。

「我很高興你這麼小心翼翼、充滿憐惜地對待我家的鋼琴。」

我有些羞澀。

「不，您過獎了，謝謝。」

雖然客戶並不是稱讚我調的音，但還是覺得受之有愧。

我把調音工具放在白色小車上，心情愉快地回店裡。去年的我在鋼琴上留下的痕跡，今年的我再度調整得更加理想。明年的我技藝應該會更上一層樓，所以可以調整得更優美。雖然在技術嫻熟之前，對客戶有點抱歉，但很希望自己能夠看到鋼琴越變越好。

回到店裡時，柳哥剛好要出門。

「怎麼了？你看起來心情很不錯。」

柳哥看起來心情也很不錯。我當然不好意思說「敬請期待明年的我」這種無腦的話，只能敷衍說：

「我覺得遇到的客戶都對我很好。」

「客戶嗎？」

我想了一下，又補充說：

「喔，還有前輩。」

柳哥瞥了我一眼，笑了起來。

「你不需要這麼巴結，我只是覺得，你認為遇到的客戶都待你很好這種想法，很有你的風格。」

「是嗎？」

「雖然我不知道你自己怎麼想……」

柳哥接下來說的這句話，重重地打在我心上。

「你並沒有特別幸運。」

柳哥說得對，完全正確。

「不管是客戶還是前輩，都是差不多的人。」

我的耳朵並不是特別靈光，手指也沒有格外靈巧，更沒有音樂方面的素養，並不是出奇幸運，也沒有任何長處，只是因為迷戀那個又黑又大的樂器，所以才會在這裡。

「所以說，你是靠自己的實力。」

「啊？」

我忍不住反問，柳哥露齒一笑說：

「不是你遇到好客戶，而是你的實力。」

我說不出話，目送柳哥離去的背影。

真是太感激了。柳哥的親切總是帶給我勇氣，但我當然比別人更清楚自己的實力。

「調音，要怎樣才能進步呢？」

我暗自思忖，但走回座位時，似乎不小心脫口說了出來。

「首先，要花一萬個小時。」

聽到說話的聲音回頭，發現北川小姐在看我。

「據說無論做任何事，只要投入一萬個小時，就可以成功。如果要煩惱，等投入一萬個小時之後再來煩惱吧。」

我怔怔地計算著，多久才能達到一萬小時。

「差不多五、六年吧。」

北川小姐在自己的座位上高舉著計算機。

「因為並不是一整天都在調音，而且還有假日，如果是阿柳的話，隨便算算，應該早就超過了。」

我不知道一萬個小時算短還是長，但是，只能慢慢超越。

「一萬小時。」

我說，正在對面座位上處理雜務的秋野先生，露出狐疑的眼神看我，然後又低頭工作。

「秋野先生……」

即使我叫他，他也沒有回答。

「秋野先生，我下次還可以再去觀摩你調音嗎？」

秋野先生緩緩把左耳的耳塞拿了出來。

「與其看我調音，還不如去觀摩板鳥先生的。」

他垂著雙眼，淡淡地說。

「這當然也很好，但是我……」

說到這裡，我吞吐起來。因為我擔心接下來說的這句話對秋野先生很失禮。

「我的目標並不是成為音樂會的專屬調音師，而是希望能夠紮紮實實為家庭鋼琴調音。」

「嗯，是啊，要先做到這一點。」

他輕輕點了點頭，壓低聲音說：

「這樣真的好嗎？她日後應該會在音樂會上彈琴。」

我花了三秒鐘的時間，才意識到秋野先生說的「她」是指和音。和音日後會在音樂會上彈琴——秋野先生很自然地說出這句話，讓我驚訝不已。秋野先生的耳朵很靈光，我很高興和音能夠得到他的肯定。

「板鳥先生也去一般家庭調音，而且真的很厲害。」

「怎麼個厲害法？」

我問。

「你不是要自己去觀摩嗎？」

秋野先生露出很受不了的臉。

「會脫胎換骨。」

「誰？」

「鋼琴好像會脫胎換骨，變成完全不同的東西。」

說完這句話，秋野先生露出很奇怪的表情，好像他也不太瞭解自己接下來所說的話是什麼意思。

「板鳥先生調音之後，會覺得之前的鋼琴到底是怎麼回事？音色美得讓人難以置信，彷彿自己的技巧突然大有進步。」

真是太幸福了。那架鋼琴太幸福了。彈那架鋼琴的人，以及能夠讓人這麼高興的調音師太幸福了。

「外村，你瞭解鋼琴的觸感嗎？你是不是覺得就是琴鍵的輕重？其實並非那麼簡單，用手指敲琴鍵時，會帶動琴槌打在弦上，所以是指這種觸感。鋼琴手並不是在彈琴鍵，而是在彈琴弦。板鳥先生調音後的觸感，讓人可以明確感覺到自己的手指和琴槌相連，敲響了琴弦。」

「好厲害，所有彈鋼琴的人，應該都希望請板鳥先生調音吧？」

秋野先生無視我的感嘆。

「被板鳥先生調過的鋼琴很可怕，能讓人瞭解很多事。」

我認為秋野先生說的「可怕」，是他用獨特的方式表達「美妙」的意思。

「能讓人瞭解很多事，是指哪些？」

我直截了當地問，秋野先生垂下視線。

「鋼琴手在彈板鳥先生調的鋼琴時，內心的想法全都變成了音色。反過來說，鋼琴手彈不出內心沒有的音，會讓演奏者的本領一覽無遺。」

秋野先生難得露出嚴肅的表情看著我。

「你瞭解得真清楚。」

「對啊。」

他點了點頭，然後用有點生氣的眼神瞪著我——

「因為我以前曾經請板鳥先生調過音。」

說完這句話，秋野先生就把耳塞塞回左耳，似乎無意繼續這個話題。

秋野先生形容板鳥先生的調音很可怕，我猜想應該真的很可怕，可以從中瞭解很多事，甚至瞭解鋼琴手根本不想知道的事。

秋野先生也許是因為那架板鳥先生調過音的鋼琴，才放棄成為鋼琴家。秋野先生是不是覺得板鳥先生故意那麼做？

板鳥先生是我崇拜和嚮往的對象，我相信秋野先生對板鳥先生有不同的看法。

離預定去客戶家調音的時間還早，所以我在辦公室的桌前擦拭調音鎚。

「給你喝吧。」

北川小姐把茶放在我桌子上。

「不好意思，謝謝。」

「不客氣，下面有客人，我送茶給客人，客人說要喝咖啡。虧我還泡了好喝的綠茶，咖啡只是即溶的而已。」

難怪是給客人用的杯子。

「那我就不客氣了。」

北川小姐目不轉睛地看著我把擦拭布折好後放在一旁，抱著托盤感慨地說：

「你的調音工具看起來很好用，你來這裡兩年了嗎？」

「對。」

我來這家樂器行已經邁入第三年，但這把使用多年的調音鎚是板鳥先生送我的。

「你剛來這裡時，我聽說你在山裡出生，也在山裡長大，就覺得的確很像山上的孩子。你看起來無私無欲，無味無臭，表裡如一，沒有陰暗的一面，但也不是很開朗，不太能夠想像你在這裡會怎麼做好一個調音師，因為你看起來對任何事都不會很在意。」

北川小姐說對了，我的確不在意。當初來到城市讀高中時，我就發現自己不在乎任何事。和我同年的同學無所不知，各自有在意的事，好像只有我什麼都無所謂。住在山裡的時候，能夠掌握的資訊和知識有限，也許是因為和城市相比，日常生活需要花費更多工夫，根本沒時間去關心一些枝微末節的事。

現在也沒有太大的改變，除了鋼琴的音色以外，我並不在意任何事。

「但是，你至今依舊每天早上幫大家擦桌子，而且不是隨便擦一下，會仔細擦乾淨。雖然我不是很瞭解，但不由得覺得，也許在山上生活就是這麼一回事。稍不留神，就很危險，不是嗎？如果不做好保暖準備，就會凍死；如果不收拾好自己的生活痕跡，就會被野生動物攻擊。」

「沒那麼誇張啦。」

「你不是經常擦拭調音鎚嗎？我猜想這是因為你深刻瞭解，若是不好好保養工具，在關鍵時刻派不上用場，就會出人命。」

「他沒辦法招架了啦。」

聽到有人忍著笑說話，我抬頭一看，發覺是秋野先生。他用手帕擦著手，走回自己的座位。

「北川小姐，妳的稱讚方式太奇怪了，外村都沒法招架了。」

北川小姐微微嘟著嘴，然後壓低聲音說：

「外村，明眼人都看得很清楚，所以你不必放在心上。」

說完，她拿著托盤走了回去。

「什麼？什麼不必放在心上？」

秋野先生好奇地問。別人會安慰我不必放在心上的，只有一件事。

「該不會是客戶又要求換調音師？」

北川小姐無力地點著頭。雖然我並不覺得自己有什麼疏失，但客戶要求換其他調音師。

「我不知道該怎麼辦。」

我吞吞吐吐地說出了昨天去調音的客戶的事。

「在我調音完成試彈之後，客戶問我，這個音色算是完美無瑕嗎？」

因為即將上小學的孫子準備學鋼琴，所以客戶決定為放置在家多年的鋼琴調音。

雖然鋼琴的狀態不太理想，但我在清潔之後調了音，調出了正確的音程。

「客戶說，要用音色絕佳的鋼琴培養孫子的感性。」

秋野先生輕輕哼了一聲。

「客戶問你是不是完美音色時，你沒有給他肯定的回答嗎？」

「這個世界上根本沒有保證優美的音色，也沒有可稱為絕對的音色，但我可以給客戶肯定的回答。我之所以沒有這麼答，是考慮到他孫子被灌輸這就是絕佳音色這種觀念的心情。」

「呵——外村，你真傻。」

秋野先生開心地說。

「這種時候，回答『是』就好了啊，當客戶疑神疑鬼，覺得音色可能沒那麼棒時，就不太想彈鋼琴了。」

「是啊。」

我點了點頭，但又立刻搖了搖頭。

「說到底，自己覺得是美妙的音色不就好了嗎？我不認為該由別人來決定這音色是否完美無缺。」

噗哧。秋野先生又輕聲笑了起來。

「外村，你這個人很麻煩。」

「喔。」

我很麻煩嗎？所以客戶要求換人嗎？

有些時候，客戶也許真的希望調音師斷言，那就是最佳的音色。

以前住在山裡的時候，醫生只有週一和週四會來村落的診療所。感冒時，那個醫生就會診斷那是感冒，也會明確告訴病人，這點小病絕對沒問題，或是這絕對不行。下山之後，曾經多次去就診的醫院卻從來不這麼說，即使在診斷病名時，也只是說，很可能是什麼病，卻不會明確斷定。

如果要討論哪一位醫生的態度更誠實，大概是不排除任何可能性的城市醫生更誠實，但是，在山上的時候，要是醫生說：「看起來像是感冒，可以繼續觀察，如果病情惡化，就再來醫院檢查一下」，也必須等兩、三天之後，醫生才會再次出現。與其提心吊膽兩、三天，即使有點牽強，也希望醫生明確告知，那就是感冒。醫生不願斷定病名時，會讓人懷疑到底真的是為病人著想，還是醫生想要逃避責任。我現在回憶起了這種心情。

「結果，你是怎麼回答的？」

「我回答，如果非要用『完美』這個字眼，我認為這個音色堪稱完美。」

「喔。」秋野先生很勉強地附和，又嘆了一口氣。「這句話沒錯，也沒有說謊。」

他偏著頭繼續說：

「如果要盡可能誠實回答，就只能這麼答，但這聽起來像主觀想法。」

如果彼此沒有建立信賴關係，不管是主觀想法還是客觀意見，客戶都不會相信。問題是我不清楚該如何建立信賴關係。

「即使無法用言語說明，只要能調出悠揚音色，不就沒問題了嗎？」

秋野先生若無其事地說。

「姑且不論完美不完美，只要能夠製造出美妙的音色就好。」

他說得完全正確，但我不明白該如何製造美妙的音色，所以才感到徬徨。

「在古希臘時代……」

秋野先生一邊用食指轉動原子筆一邊開口：「學問就只有天文和音樂，也就是說，那個時代的人相信，只要研究天文學和音樂，就可以瞭解世界。」

「喔。」

「外村，音樂是根源。」

在古希臘時代，世界靠天文和音樂就足以運作嗎？感覺那是一個美麗的世界，但在我的印象中，那個時代的人一直在相互爭鬥。

「你知道有幾個星座嗎？」

我搖了搖頭，秋野先生露出有點得意的表情。

「不知道。」

「我告訴你，有八十八個。」

記得小學自然課學到星座時，我曾覺得很奇怪。星座就是把很大的星星連在一起，畫出某個形狀後取一個名字，但在那些星星和星星之間，還有許多像細沙一樣的星星在發亮，既然可以用肉眼看到那些星星，怎麼可以無視它們，硬是畫出某個形狀？無數的沙粒只構成八十八個星座，未免太霸道了。

雖然我這麼想，但不是不能理解，也同意天文和音樂是世界的這種說法。從無數的星星中選擇一些星星形成星座，跟調音很相似，皆是為了掬起融化在世界各個角落的美麗事物。必須盡可能輕輕掬起，以免破壞原本的美麗，同時，讓人們可以更清楚地看見這些美麗事物。

Do、Re、Mi、Fa、So、La、Si。挑選出這七個音——正確地說，也包括了半音，所以應該是十二個音——為它們取名字，讓它們像星座般熠熠發光。調音師的工作，就是從龐大的聲音海洋中正確地撿起這十二個音，讓它們優美地排列、彈奏。

「外村，你有在聽嗎？」

秋野先生一臉無奈地托著腮，在桌子對面看我。

「八十八個星座，和鋼琴的琴鍵數目相同。」

「啊！」

「古希臘時代的學問雙璧，天文和音樂留下的餘韻。」

「秋野先生！」

北川小姐終於忍不住插嘴：

「你不要胡說八道，外村會信以為真。」

胡說八道？抬頭一看，發現秋野先生移開視線，聳了聳肩。

哪個部分是胡說八道？我曾經在專科學校學過鋼琴的歷史，鋼琴是從大鍵琴發展而來的，琴鍵並不是八十八個。古希臘時代，連大鍵琴的原型都尚未出現。大約在兩百年前，剛好是貝多芬在世的那個年代，開始從大鍵琴漸漸發展為鋼琴，但有的只有六十八個琴鍵，有的則是七十三個琴鍵。據說在貝多芬的〈月光奏鳴曲〉的樂譜上，標記著「大鍵琴或鋼琴用」。第一樂章是為大鍵琴作曲，但第二樂章似乎無法用大鍵琴彈奏。後人認為貝多芬在第一樂章和第二樂章之間，使用的主要樂器從大鍵琴變成了鋼琴，也就是說，鋼琴的琴鍵在那時候才終於發展到八十八個。

星座真的只有八十八個嗎？不，會不會天文學和音樂是最初的學問這件事本身就是胡說八道？雖然我不明白真相，但還是打開記事本，寫下「星座數、琴鍵數八十八個」，這時發現坐在對面桌子的秋野先生探出身體張望。

「喔，你又記下來了。」

他一臉佩服地看著我的記事本，我急忙把記事本闔了起來。

「啊，對不起。」

我覺得很丟臉。雖然已經邁入第三年，但至今仍然在記錄這麼初級的事，一看就知道是外行人。

「這樣很好啊……」秋野先生淡淡地道：「有時候我在想，如果當年乖乖做筆記就好了。一開始工作，就會看到、聽到很多重要的事，若有好好寫筆記，或許能夠更早掌握訣竅。其實不是因為懶，而是誤會了一件事，以為手工的技術是靠手記住的。」

他看著已經闔上的記事本繼續道：

「根本是作夢，以為耳朵會記住，手指會記住，那完全是在幻想。只有這裡能夠記住。」

秋野先生說著，用食指指著自己的頭。

原來並不是只有我以為技術是靠身體記住的，一直以為自己的軀體缺乏音樂細胞，才會經過這麼久，仍然無法掌握技術，所以有點心灰意冷。我無暇感到失望，整天拚命做筆記。

但是，這並不是一件容易的事，用文字記錄調音的感覺極其困難，如果能夠精確記錄，技術絕對能夠大幅進步。

「光是寫下來還不行，還必須努力記住，就好像背歷史年表一樣記在心裡，然後有一天，就會突然看到整個流程。」

秋野先生說。文字當然無法記錄調音的一切，甚至無法記下百分之一、千分之一。正因為我明白這個道理，所以沒有仰賴文字，但是，我認為將調音的技術變成文字，是為了抓住稍縱即逝的音樂，用大頭針把想要掌握的技術一一釘在身上。

「咦？怎麼大家都在？發生什麼事了？」

柳哥很有精神地走了進來。

「沒什麼，我們是在說今天天氣真好。」

秋野先生冷淡地說。

「對啊，今天真的是風和日麗。」

柳哥回答。

「是會下一場傾盆大雨，馬上毀了辛苦調好的音的好天氣——啊！」

聽到他的「啊！」，大家都看著他。

「對了，我有事要告訴你們。」

柳哥輕輕咳了一下。

「我最近要結婚了。」

「真的嗎？這次真的要結了嗎？」

「對，這次真的要結了。」

柳哥笑了起來。他預告要結婚已經說很久了，但濱野小姐一直說，等她手上的工作忙完再談，所以一拖再拖。濱野小姐在做翻譯，可能她翻譯的書終於出版了。

「恭喜。」

「恭喜你。」

「謝謝，謝謝。」

柳哥露出滿面笑容，完全不掩飾內心的喜悅。

雖然我不清楚結婚是不是這麼棒，但看到柳哥這麼高興很不錯。我沒想到要對他說「祝你幸福」，在道完「恭喜」之後，就默默看著他。

我拿了調音工具走出樂器行。刺骨的冷風變得柔和，天空也不再像以前那麼藍。春天快來了。

來到停車場時，柳哥剛好外出回來。

「差不多該換輪胎了。」

「應該還會下幾場雪吧。」

「也對。」

柳哥仰望著天空。

「對了！」

柳哥突然看向我，然後朝我招手，從後門走進店裡。

「記得把五月的第二個星期天空下來。」

「好。」

「那天在辦完結婚儀式之後，要在餐廳辦婚宴。」

「恭喜。」

「嗯，謝謝。」

柳哥有點害羞。

「我第一次參加結婚儀式。」

「是喔？你還年輕，朋友都還沒有結婚。不過，你要參加的是婚宴，不是結婚儀式。」

即使再過幾年，我也想不到有誰會邀我參加婚宴，應該只有弟弟而已。

「所以啊，你現在時間方便嗎？」

我點了點頭，把沉重的工具包放在地上。因為我提早出門，所以時間還很充裕。

「我們打算在婚宴上表演一些節目。」

「是。」

「因為也會邀樂團的朋友參加，所以曾經考慮過，但婚宴上不太適合玩搖滾，最後，決定請人彈鋼琴。」

「很不錯啊。」

「我們找了幾家有鋼琴的餐廳。有架設著好鋼琴，但餐點普通的餐廳；也有餐點超讚，但鋼琴很普通的店，你會怎麼選？」

「有好鋼琴的餐廳。」

「我就說嘛。」

柳哥低頭看著裝了調音工具的工具包。

「但她說，當然毫不猶豫地選餐點好吃的餐廳。」

「喔。」

我有點意外。原本以為濱野小姐應該會選鋼琴。

「她說，餐點只能交給餐廳，但我可以設法搞定鋼琴。」

「喔。」

「喔個屁啊。新郎會很忙，如果我不是新郎，當然會不遺餘力地搞定鋼琴，但那天真的會忙翻。嗯，所以啊……」

柳哥正視著我。

「我請了一個很棒的鋼琴手。」

「太好了。」

「因為工作的關係，應該會有不少耳朵靈光的客戶。即使客戶的耳朵不靈光，也沒有聽過鋼琴，但在吃飯時聆聽美妙的琴音，很適合這種喜慶的場合。」

柳哥看起來很高興，連我都忍不住開心起來。

「我想拜託你來調音。」

柳哥的話太出乎意料，我說話時，聲音都破音了。

「啊？不行啦，你找別人啦。」

可以找秋野先生，如果請板鳥先生當然更棒了。

「這樣真的好嗎？」

我原本想回答「當然啊」，但又想到，這不是工作，遇到這種情況，我這個後輩應該自告奮勇。問題在於那是柳哥的大日子，當然應該請技術比我好的人調音。

「我要請和音彈鋼琴。」

「啊！」

雖然我很驚訝，但的確是好主意，能夠一邊聽和音彈鋼琴，一邊吃飯，肯定是一場心情舒暢的婚宴。

「你是不是有調音的意願了？」

柳哥笑著問。

「不，我還是——」

既然邀請和音彈鋼琴，更應該找技術比我好的人調音。我原本想要這麼說，內心卻湧起意想不到的情感。

「我可以。」

我向柳哥宣示。斬釘截鐵的語氣連我本人也嚇了一跳。

「請讓我調音。」

我鞠躬拜託，柳哥高興地點了點頭。

傍晚回到辦公室，桌上貼了留言的字條。

「傍晚的木村家取消。」

取消？我有種不祥的預感。應該是北川小姐接到了取消電話。我走向她的座位向她確認。

「不是延期，而是取消嗎？」

「嗯。」

北川小姐一臉尷尬。

「是要求換調音師嗎？」

「不是。」

看到北川小姐的表情越來越尷尬，我終於確信。

「客戶說，不再請我們調音嗎？」

「倒是沒這麼講。」

「對不起。」

我鞠躬道歉，感覺到辦公室內所有人都在看我。

「外村，你不需要道歉，客戶並不是因為討厭你，才決定不請我們調音，也許只是不再彈鋼琴了而已。」

要真是這樣，客戶應該會明說。

「無論如何，都不是你的錯，現在經濟不景氣，為只是基於興趣愛好而彈的鋼琴調音的家庭不多了。」

北川小姐安慰我，好像真的不是我的錯。但事實並非如此。如果客戶對我的調音感到滿意，就不會打電話來取消。

我走回自己的座位，盡可能不讓內心的沮喪表現在臉上，但有點忍不住想要嘆氣。我真的這麼遜嗎？我抬起眼，秋野先生立刻移開了視線。

「你覺得對調音師來說，最重要的是什麼？」

我鼓起勇氣問道。

「調音鎚。」

秋野先生回答時仍然沒有正眼看我。

「不是啦，我不是問這個。」

我繼續追問，旁邊有人回答：

「毅力。」

是柳哥。

「還有膽量。」

秋野先生也幽幽地回答。

「懂得放棄。」

每個人都說出不同的答案，沒有人提到才華、素質這些我不想聽的答案，我感動得快哭了。

「我同意要有毅力。」

北川小姐笑著說。

我也同意要有毅力。自身的技術決定了鋼琴的音色。如果缺乏膽量，根本不敢調音。

「但懂得放棄是怎麼回事？」

所有人都看著秋野先生。

「真是的，你們是不是誤會了什麼？」

秋野先生皺著眉頭。

「無論怎麼調音，都不可能達到完美境界，必須在某個階段放棄，告訴自己到此為止，完成了。」

「不放棄的話會怎麼樣？」

柳哥問了我想問的話。

「如果一直都不放棄，總有一天會發瘋。」

秋野先生很輕鬆地回答。大家都沒有反駁，是代表同意嗎？為了追求完美，永遠都不放棄，就會發瘋。他們曾經在某個剎那，感受過差點發瘋的危險嗎？

「之前不是也曾經聊過這個話題嗎？」柳哥說：「為什麼客戶老是取消外村的預約，或是要求換調音師。」

「我不認為外村犯了什麼大疏失，所以提到了一萬個小時。」

「沒有人相信一萬個小時這種說法。」

果然如此。因為我太年輕，所以客戶不相信我的這種說法，只是在安慰我。

「厲害的人即使沒有達到一萬小時，還是能夠做好；差勁的人即使超過一萬小時，還是沒辦法做到。」

「幹麼說得這麼直截了當。」

柳哥仰頭看天花板。

「大家心裡都很清楚，只是沒說出口而已，但不會去想才華或是素質之類的問題，因為這種事想了也沒用。」

秋野先生停頓了一下，又繼續道：

「反正，做就對了。」

我抖了一下。原來連秋野先生也是這樣想嗎？

「即使沒有才華，也照樣活得好好的，但在內心深處還是相信，即使超過了一萬小時仍然沒有看到的東西，也許花費兩萬個小時，就可以看到。比起很快能夠看到，能夠看到更大、更高的東西不是更重要嗎？」

「是。」我回答的聲音有點沙啞。我不想輕易點頭。如果秋野先生追問我，真的瞭解嗎？我沒有自信說，真的完全瞭解，但我相信他說的是事實。並不是因為有才華，才能夠生存。不管有沒有才華，都必須活下去。我才不願意被這種不曉得到底有沒有的東西折騰，我只能靠自己的雙手，摸索更切實的東西。

「我回來了。」

門口響起一個忠厚的聲音。板鳥先生剛好回辦公室。我還沒有開口，柳哥就搶先問：

「板鳥先生，你覺得對調音師來說，最重要的是什麼？」

板鳥先生把調音包放在地上，鎮定自若地回答：

「客戶啊。」

耳邊響起板鳥先生之前在音樂廳調出的無色音色。那一次，板鳥先生製造的音色成為大師演奏的基礎，但是那位鋼琴家，也就是板鳥先生口中的客戶，讓他從鋼琴中萃取出這種音色。

那我呢？我的客戶——眼前浮出各個客戶的臉。有人微笑著向我點頭，有人不悅地沉默不語。那些無法立刻想起名字的客戶，他們的臉龐也接連冒出腦海。沒錯，是客戶磨練了我。和音專注的表情浮現在眼前，最後對我露出了笑容。

我在婚宴的前一天，就去那家餐廳調音。那家餐廳的氣氛很不錯，平臺鋼琴放在安靜的餐廳角落。

比我想得要好，那架鋼琴相當不錯。之前聽柳哥說，把鋼琴和餐點放在天秤的兩端衡量後，最後決定選擇美食。這種好琴是有鋼琴的餐廳的標準配備嗎？真是這樣的話，就太令人高興了。這代表能夠對鋼琴樂在其中的人遠遠超出我的想像。

我克制內心的興奮，打開琴蓋。一看到琴鍵，立刻覺得不對勁。我彎下腰，把臉湊到琴鍵前，發現琴鍵的高度有微妙的落差，參差的程度在五公釐左右。我試彈了幾個琴鍵，果然不出所料，聲音無法順利擴散出來。

如果要比喻，這架鋼琴的聲音，就像是不會跳繩的小孩子用力亂甩繩子，琴鍵很重，只要跳三次，就會一屁股坐在地上。我想像和音彈這架鋼琴的情景。她坐在鋼琴前，一定會努力彈奏。我眼前浮現她身穿制服的樣子。不，她會穿制服來參加婚宴嗎？應該不會，但我無法順利想像她不穿制服的樣子，所以只能想像她穿制服彈琴。

她姿勢端正，靜靜地把手指放在琴鍵上。琴聲響起，宛如清冽的泉水。我設想著這個瞬間。

我彈了眼前的鋼琴。不對，這不是和音的鋼琴，我不想讓和音彈這種音色。我想像由和音來彈這架鋼琴，然後開始調音。

打開頂蓋，用支撐桿撐住。每次看到整齊排列的調音釘，都會陶醉不已。簡直就像是森林。聲音在一秒之間，會在雲杉的響板上奔跑數千公尺。我要在這裡製造和音的音色，必須把地上的雜草修剪整齊，讓和音能夠輕盈漫步在這座森林中。

首先要調整琴鍵的高度。連接琴鍵後方的墊氈磨損了，我墊了薄紙調整高度。琴鍵的可動範圍只有十公釐，就算只相差零點五公釐，彈起來都會很不順手。

調整完高度之後，再調整深度。我敲響每一個琴鍵，確認琴槌打在琴弦上的位置。

結束之後，才終於開始調音。之前柳哥曾經和我聊到，要閉著眼睛決定音色。我認為那並不是譬喻。我閉上眼睛，豎起耳朵，明確掌握音色的感覺後，轉動調音鎚。

面對鋼琴時，會忘記時間的流逝。或許是因為神經繃緊，所以不會疲倦。當調音結束，發現竟然花了將近四個小時。鋼琴的狀態大為改善。如果用跳繩來比喻，應該可以輕鬆連跳。咚咚咚。繩子很有節奏地轉動，柔軟的音色讓人可以一直跳下去。

和音的排練安排在當天早上進行。萬一出了狀況，還有時間可以重新調整。雖然是為了配合我，但和音與餐廳都欣然應允。

「我想要盡可能趕快熟悉這架鋼琴，所以很謝謝你。」

和音說。

「家裡的鋼琴、學校的鋼琴，還有發表會或是比賽的鋼琴個性都不一樣。」

和音從布包裡拿出樂譜，由仁在和音身旁點著頭。

「原本以為家裡的鋼琴彈起來最順手，沒想到上次發表會時，卻發現音樂廳的鋼琴音色超美，我嚇了一大跳。」

不知道為什麼，我確信那是由板鳥先生調音的鋼琴。

「對，音色很美，彈起來也很順手。由仁，妳不是不管在哪裡，都彈得很自在嗎？」

由仁聽到和音這麼說，笑了起來。

「只是妳這麼以為而已，是因為妳這麼希望，所以才會生出這種感覺。」

和音露出驚訝的臉，由仁繼續說：

「和音，妳是不是覺得，我能夠做到妳無法做到的事？」

和音還沒回答，由仁就坐在椅子上，打開琴蓋，毫不猶豫地敲響了琴鍵。

我應該不會忘記雙胞胎在那一刻的樣子。她們情不自禁地互看一眼。

「好棒的音色。」

由仁轉過頭時，雙眼發亮。

和音也點著頭。

「真是很棒的音色。」

她的臉上帶著笑容。太好了。我鬆了一口氣。我不瞭解她們。看到已經無法彈琴的由仁坐在鋼琴前敲響琴鍵，不由得有點膽顫心驚。她對和音說的話讓我提心吊膽，無法解讀由仁與和音此刻的心情。

「和音，妳也可以做到。」

由仁的聲音很開朗。

「妳也可以在任何地方都彈得很自在。」

由仁站了起來，把座位讓給和音。她們很自然地交換位置，她把樂譜架上面譜板，坐在椅子上。然後，如同由仁方才那樣，用一根手指敲響琴鍵。那是基準音的La，但風景好像順著聲音擴散的方向一下子變得開闊，宛如一條道路在銀色的清澈森林中延伸，我似乎看到幼小的梅花鹿在林中深處蹦跳。

「這個音色就像是透明的水花。」

由仁興奮地抬頭看我。我點著頭，再度體會聲音會讓人產生不同的感覺。

「我以這個音為基準設定了整體的音。」

和音聽了，點了點頭。

她先是把雙手放在腿上，之後收回手，緩緩彈奏起來。她開始的動作太自然，我甚至來不及做準備，簡直就像是伸手抓起飄浮在空中的音樂，再用鋼琴彈奏出來。她的指法自然流暢，當她彈琴時，一切都變得很自然。也許鋼琴、音樂原本就這麼自然。

樂曲一開始的節奏很緩慢，從中段之後，變成好像有很多明亮珠子在滾動的歡樂節奏。琴聲悠揚，完全沒有雜音，幾個音混合時的感覺也很協調——我發現自己在逐一確認。原來一旦成為調音師，即使和音在我面前彈琴，我也無法純粹欣賞。

「和在家裡練習時完全不一樣。」

由仁的聲音中帶著興奮。

「對啊，原來還可以這樣，能出現這麼大的變化。」

和音臉頰通紅地回頭看我。

「外村先生，你太厲害了，我也要趕快學習調音，我想當你的徒弟。」

「啊！」

我的聲音破音了。她真的誤會大了。

「不是我厲害，是和音厲害。」

她在最初試彈時確認音色之後，就將它完全變成了自己的音色。就像由仁說的那樣，會配合不同的鋼琴，用不同的方式彈奏。

「不，是這架鋼琴的音色在帶領和音，和音只是隨著鋼琴的音色，快樂地彈出了以前從來沒有見識過的樂音。」

這時，一名餐廳的工作人員走了進來。

「我們能開始布置會場嗎？你們可以繼續在這裡彈琴。」

「好，那就麻煩你們了。」

我很慶幸提前來這裡，至少能夠靜靜地聽一首曲子確認音色。

幾個工作人員走了進來，開始調整桌子的位置。和音並不在意，也完全沒有受到影響，繼續彈著鋼琴。

「柳哥讓我們自由選曲。」

由仁在我耳邊小聲道。

「我們絞盡腦汁，想了很久什麼是適合婚宴的曲子。」

「我覺得妳們選得很好。」

我回答。由仁也點了點頭。第二首也是明亮柔和的巴洛克風格樂曲。這不是為了參加發表會，也不是鋼琴比賽，而是為柳哥的婚宴增色，我覺得這種親切柔和的樂曲最適合。正當我覺得試彈似乎沒問題後，突然感到有點不對勁。我看了看鋼琴，又看了看和音。她一臉平靜的繼續彈著鋼琴。工作人員正把粉紅色的桌布鋪在桌上。鋼琴與和音都跟剛才沒有任何不同。

但是，我發現音色和剛才有點不一樣。聲音變得模糊，不像之前那麼乾淨俐落。

「不好意思，借過一下。」

聽到身後的說話聲，回頭一看，另一名工作人員抱著桌布正從我身邊走過。我站在離鋼琴有一小段距離的位置。餐廳內忙亂起來。和音仍然和剛才一樣彈琴，但是，有哪裡和剛才不一樣了。

聲音無法伸展，如同對陷入忙碌的餐廳有所顧慮那般，細膩的聲音在傳到我站的位置之前，就散落一地。

我走向鋼琴，想要確認和音的情況，然後停下了腳步。和音的彈奏方式並沒有改變，而是鋼琴的音色發生了改變。雖然用相同的方式演奏，音色卻失去了彈性，而且，當我走近鋼琴時，音色再度起了變化。

「對不起，我想問一下……」

當樂曲終了，我開了口。和音雙手放在腿上，轉頭看著我。

「妳彈奏的方式和剛才不一樣嗎？」

我向她確認，她搖了搖頭。

「妳會不會覺得音色有異？」

和音輕輕點頭。

「突然發不出聲了。」

她伸長了脖子，我順著和音的視線看向前方，發現由仁站在餐廳後方。她的右手指向天花板，我抬頭看向天花板時，和音再度彈了起來。那是她方才彈的第一首曲子。原來由仁並不是指向天花板，而是要求她重彈第一首曲子。

那首明亮柔和而又輕盈的樂曲。果然變得單調乏味。我看著和音，慢慢離開鋼琴，退到第一排桌子的位置。然後經過忙碌的工作人員身旁，走到旁邊那張桌子，又移向再旁邊那張桌子。聲音撞到了走動的工作人員，被攤開的桌布吸收，在餐廳內徘徊。我可以用肌膚感受到音色被打亂。我突然想起之前在她們家裡，覺得音色被厚實的窗簾擋住很可惜的事。

我太大意了。之前完全沒有考慮到環境因素，完全暴露出我只接觸過家庭鋼琴的不成熟。現在沒時間後悔，也來不及反省，必須趕快重新調音。不，來不及重新調音了。桌子上鋪了桌布，接下來會坐滿賓客，這些都會反射、吸收聲音。餐廳的服務生也會不停地進進出出上菜，刀叉碰到餐盤會發出叮叮噹噹的聲音，還有分享新郎和新娘回憶的細語聲聲，必須考慮到這所有的因素進行調整。

來得及嗎？無論如何都必須來得及。

「和音小姐，對不起，我想再調整一下。」

和音一臉順從地點了點頭。

「和音沒問題的，無論在哪裡都可以自由自在地彈琴。」

由仁說完，調皮地笑了起來。我覺得自己很沒出息，竟然還要雙胞胎來安慰我。

「真的很抱歉。」

我向她們鞠躬道歉時，想起之前也曾經這樣向她們致歉。那時剛成為調音師不久，原本以為自己有辦法搞定，試了之後才發現搞不定。我仍然和那時候一樣，只是稍微增加了一點技術、一點經驗，以及無論如何都必須搞定的決心。

「可能會花一些時間，妳們找個地方休息一下。」

我再度低頭請求。不知道會花多少時間，甚至不能確定是否只要花時間，就能夠順利調整。

「外村先生……」

由仁用開朗的聲音對我說：「別擔心，我坐到那裡，你送到那裡。」

我聽不懂她要我送什麼去那裡，所以露出了訝異的表情。由仁走向後方的座位時說：

「我覺得你最好讓聲音跑到這裡，就是剛才的音色。嗯？用跑這個字好像也不大對，讓聲音飛到這裡！」

看到由仁努力思考怎麼形容，我忍不住笑了起來。

「謝謝妳。」

送、跑、飛。我能夠理解由仁用這些字眼表達的狀態，關鍵在於如何才能實現這種狀態。

只要把剛才的音色送去那裡、跑去那裡、飛去那裡——我在腦海中想像著。模糊的形容漸漸具體成形。照亮。只要拉高，就可以照亮。是星座。如果是今晚，應該可以看到小熊星座、大熊星座、獅子座。無論在任何地方，都可以看到它們以相同的形狀在天空中閃閃發光。

「明亮寧靜，而又清澈懷念的文體。」

我小聲朗讀，站在黑色鋼琴前。

「帶著一絲小任性，充滿了嚴格和深奧的文體。」

那是我的星座。一直都在森林的上方，我必須向那裡前進。

「宛如夢境般的美麗化為現實的真切文體。」

對我而言的星座，必須照亮在這裡彈琴的和音，也必須照亮在餐廳後方的由仁。我調整踏板深度，讓和音踩下踏板時，能夠產生理想的回音，好讓聲音傳遍這個餐廳的每一個角落。然後，我調整了琴腳下的琴輪。上次鋼琴大師舉辦演奏會前，板鳥先生改變了琴輪的方向，調整音色，當時，我只感到萬分佩服，但我現在懂了。目前琴腳都朝向內側時的重心位置，當轉向外側時，棚板會稍微彎曲，便可以改變聲音擴散的方向。

我要讓喜鵲高飛，讓和音的鋼琴彈出最美妙的音色。

和音穿著嫩草色的禮服，開始彈奏柔美的樂曲。比起莊嚴，更有清新的感覺，起初我並不知道她彈的是什麼曲子。婚禮進行曲。那是親友為幸福的新人讚美、祝福的樂曲。和音好像在彈奏主旋律般緩緩地彈奏著裝飾音。如夢境般美妙，卻又如現實般真切。新郎新娘在掌聲中走了進來，在經過桌子旁時，靦腆地向我們點頭。新娘濱野小姐整個人都在發亮，他們一邊走，一邊向各桌的賓客點頭致意。

「這場婚禮真不錯啊。」

我忍不住小聲地對身旁的秋野先生說。

「外村，沒想到你挺有膽量的。」

他擠出笑容對我說。

「換成是我，看到鋼琴手在彈我調音的鋼琴，我會從頭緊張到尾，根本不可能有心情和別人聊天。」

聽到他這麼講，我才發現自己一點都不緊張。我相信和音也不感到緊張。她繼續彈奏著輕盈、明朗的樂曲。這不是在舉辦演奏會，鋼琴、鋼琴手，以及調音師均非主角，重點是柳哥和濱野小姐的婚宴。在鋼琴誕生初期的音樂沙龍，或許就是這種感覺。

「但我覺得很好玩。」

我說，秋野先生撇了撇嘴角，很不甘願地回應：

「是啊。」

然後又小聲地補充：

「鋼琴不錯啊。」

「對啊。」我回答之後，發現坐在對面的由仁面帶笑容，但眼中泛著淚光。我不曉得她為什麼流淚。不明白守護和音的由仁是怎樣的心情，也不確定被由仁守護的和音心情如何，只是覺得又哭又笑地圍繞在鋼琴旁的雙胞胎很耀眼。

「你第一次稱讚我。」

我說完這句話，轉頭看向秋野先生，秋野先生一臉冷漠。

這是秋野先生初次稱讚我，雖然不曉得他是指調音不錯，還是和音彈得不錯，但我無所謂，因為不可能只有其中一項好而已。

「和音的鋼琴太棒了。」

由仁感動地說。

「她的琴聲在祝福，在對柳哥說恭喜，你有沒有聽到？」

在說恭喜嗎？好像是，但我覺得和音的琴聲更柔和。溫柔和優美，真誠地打動人心，稍不留神，淚水就會奪眶而出。

我用力點頭回答：

「和音小姐保證可以成為出色的鋼琴家。」

即使不懂音樂，也會深受吸引。即使沒有刻意去聽，甚至以為自己沒有聽到，也會情不自禁地抬起頭。這就是和音的鋼琴。她只是很自然地彈奏一個音，卻表現出了喜悅和悲傷。她的琴聲並不華麗，而是充滿寧靜，但因為聲音的顆粒很細小，所以會滲入內心，並且一直留在心裡，永不消失，然後咚咚敲響內心深處的某個角落。

和音演奏的音樂把風景帶到眼前，陽光照進被朝露滋潤的樹木之間，樹葉前端的水珠反射著陽光，隨即滴落。那是無數次反覆重現的清晨，那是剛誕生的鮮活與颯爽之美。

沒錯，她的琴聲在祝福。

我也聽到了祝福的聲音，和音的鋼琴是對生命的祝福。

「你剛才說了保證可以。」

「啊？」

「之前才說音色沒有完美無瑕的，但你剛才說，和音保證可以成為出色的鋼琴家。」

秋野先生小聲地說。

「不過，我也這麼想。」

我對自己調音的鋼琴能夠彈出理想的音色當然感到高興，但我一直認為，如果有調音師能夠調出比我更出色的音色，無論是為了樂器，為了彈琴的人，還是為了聽眾，都應該讓賢。

但是，現在的想法稍微有了改變。我想為和音的鋼琴調音。我希望可以藉由我的調音，讓和音的琴聲更美妙。

為誰調音？我想要讓誰高興？是和音。我喜歡和音的鋼琴，我只想製造出最能夠發揮和音琴技的音色，完全沒有想到委託人柳哥，以及聽和音彈琴的聽眾。我只想到和音的鋼琴。

我認為自己有錯。如果真的為和音的鋼琴著想，只為彈琴的和音考慮仍不足夠，還必須考慮到聽眾，必須考慮到空間的大小和天花板的高度，考慮到前面的座位和後面的座位，中間的座位和門附近，以及哪裡有多少人，再推測聲音會如何擴散，務必讓所有人都能夠聽到。

以前，我一直都為家庭鋼琴調音，如果想為和音的鋼琴調音，這樣還不夠。我終於明瞭，之前不想成為音樂會專屬調音師的想法是錯的。

「最好確認一下制音器有沒有同時降下來。」

板鳥先生的聲音平靜，但語氣很堅定。我調整了踏板，在踩下踏板時，制音器可以同時揚起，但沒有想到降下時的情況。

「必須襯托和音鋼琴的優點。」

「是。」

和音在彈店裡的鋼琴時，彈出了美妙的和音。當時我推測是調整了踏板，原來我的想法並沒有錯。

我忍不住抖了一下。原來精神抖擻真的會發抖。我已經把踏板調得很靈敏了，如果過度靈敏，會導致缺乏彈性空間，但板鳥先生要求我增加靈敏度。

「要更相信和音。」

「是。」

我覺得板鳥先生在相信和音的同時，也相信了我。

「培養鋼琴家，也是我們調音師的工作。」

等一下休息時，我會去調整踏板。雖然前輩告訴我，在演奏中途調音很丟臉，但我丟臉沒關係，我只希望讓鋼琴、讓和音，有最完美的表現。

「搞不好……」秋野先生小聲地說：「像外村這種人有辦法達到。」

像外村這種人？是指怎樣的人？有辦法達到什麼？

「的確。」

老闆也贊同。

「我以前搞不懂為什麼像外村這種人會成為調音師，也搞不懂板鳥為什麼大力推薦。」

原來是板鳥先生推薦我的。他之前說，這家樂器行的錄用標準是先來先贏。

「請問我這種人是哪種人？」

「嗯，該怎麼說，就是老老實實長大的規矩人。」

不久之前，北川小姐也說了類似的話。我覺得這肯定不是稱讚，應該是在說我很無趣，很平淡無味。

「但是，我現在覺得，像外村這種人也許能夠很有毅力地，一步一腳印地持續走在羊與鋼的森林中。」

「那當然。」

板鳥先生悠然地點著頭。

「因為外村在山裡生活，是被森林養育大的。」

「真好吃。」

北川小姐突然開口，隨即低下頭說：

「啊，對不起。」

「妳是不是在說這道湯？真的超好喝。」

由仁附和北川小姐，破壞了板鳥先生剛才那句話的餘韻。在山裡生活，是森林養育長大的。是這樣嗎？如果是因為這樣的話，那簡直要樂壞我。我內心一定也有一座森林。

也許這條路並沒有錯。即使會花一點時間，即使繞了遠路，只要繼續走在這條路上就對了。一切都在原本以為空無一物的森林、稀鬆平常的風景中，這一切甚至沒有隱藏起來，只是我尚未發現而已。

我大可放心。即使我一無所有，音樂和美麗的事物早已融化在這個世界之中。

「啊，對了……」

北川小姐用白色餐巾擦拭嘴巴。

「外村的老家那裡羊隻畜牧不是很興盛嗎？我想起來了，善這個字來自羊。」

「是嗎？」

「美這個字同樣來自羊。這是我上次在書上看到的。」

她想了一下，似乎回想起了那段內容。

「在中國古代，會把羊視為事物的基準，是奉獻給神的活供品。你們不是一直很執著於追求善與美嗎？我終於恍然大悟，原來那和羊有關，早就存在鋼琴之中了。」

喔，對喔，原來一開始就存在於富有光澤的黑色大樂器裡。

抬頭一看，和音正準備彈新的曲子。那是首優美、善良，充滿祝福的歌曲。

謝辭

衷心感謝在創作這個故事的過程中，欣然接受採訪的各位調音師，尤其感謝阿部都先生，他帶著年輕的熱情，用清晰明瞭的談話為我打開調音之門；還有狩野真先生，讓我見識到出色的技術和見解，並與我分享了他跟知名鋼琴家之間的逸事，讓我一窺調音世界的奧祕。同時藉這個機會，感謝上田喜久雄先生持續守護我的鋼琴整整四十五年。還要感謝作曲家笠松泰洋先生不吝和我分享對音樂的熱愛和深入的觀察。向各位致以最崇高的感謝。

作者

國家圖書館出版品預行編目(CIP)資料

羊與鋼之森 / 宮 下奈都作 ; 王蘊潔譯.
-- 1版. -- 臺北市 : 尖端出版 :
家庭傳媒城邦分公司發行, 2017.06
面 ;　公分
譯自 : 羊と鋼の森
ISBN 978-957-10-7404-7(平裝)

861.57　　　　　　106004113

逆思流

羊與鋼之森

（原名：羊と鋼の森）

著　　者／宮下奈都
榮譽發行人／黃鎮隆
執 行 長／陳君平
協　　理／洪琇菁
總 編 輯／呂尚燁

譯　　者／王蘊潔
美術總監／沙雲佩
美術編輯／李政儀
執行編輯／陳昭燕

企劃宣傳／楊玉如、施語宸、洪國瑋
國際版權／黃令歡、梁名儀
文字校對／施亞蒨
內文排版／謝青秀

出　　版／城邦文化事業股份有限公司 尖端出版
台北市中山區民生東路二段一四一號十樓
電話：（〇二）二五〇〇－七六〇〇
傳真：（〇二）二五〇〇－二六八三
E-mail：7novels@mail2.spp.com.tw

發　　行／英屬蓋曼群島商家庭傳媒股份有限公司城邦分公司　尖端出版
台北市中山區民生東路二段一四一號十樓
電話：（〇二）二五〇〇－七六〇〇（代表號）
傳真：（〇二）二五〇〇－一九七九

中彰投以北經銷／楨彥有限公司（含宜花東）
電話：（〇二）八九一九－三三六九
傳真：（〇二）八九一四－五五二四

雲嘉經銷／威信圖書有限公司　嘉義公司
電話：（〇五）二三三－三八五二
傳真：（〇五）二三三－三八六三

南部經銷／威信圖書有限公司　高雄公司
客服專線：〇八〇〇－〇二八－〇二八
電話：（〇七）三七三－〇〇七九
傳真：（〇七）三七三－〇〇八七

香港經銷／城邦（香港）出版集團有限公司
香港灣仔駱克道一九三號東超商業中心一樓
電話：（八五二）二五〇八－六二三一
傳真：（八五二）二五七八－九三三七
E-mail：hkcite@biznetvigator.com

新馬經銷／城邦（馬新）出版集團 Cite（M）Sdn. Bhd.
E-mail：cite@cite.com.my

法律顧問／王子文律師　元禾法律事務所
台北市羅斯福路三段三十七號十五樓

二〇一七年六月一版一刷
二〇二二年三月一版六刷

■中文版■

郵購注意事項：
1.填妥劃撥單資料：帳號：50003021戶名：英屬蓋曼群島商家庭傳媒(股)公司城邦分公司。2.通信欄內註明訂購書名與冊數。3.劃撥金額低於500元，請加附掛號郵資50元。如劃撥日起 10～14日，仍未收到書時，請洽劃撥組。劃撥專線TEL：(03)312-4212 ・ FAX：(03)322-4621。E-mail：marketing@spp.com.tw